睦月童《むつきわらし》

西條奈加

PHP
文芸文庫

○本表紙デザイン＋ロゴ＝川上成夫

睦月童《むつきわらし》【目次】

第一話　睦月童

元旦――。

日本橋《にほんばし》の国見屋《くにみや》は、奇妙な客を迎えた。

国見屋は下酒問屋《くだりざけどいや》で、日本橋新川《しんかわ》に店と蔵をもつ。上方《かみがた》から仕入れた上質な酒を卸《おろ》すのが下酒問屋であり、この界隈《かいわい》には同業者も多く、俗に新川問屋と呼ばれていた。

元日の朝は座敷に奉公人が集められ、主人から新年の挨拶をたまわる。それから屠蘇《とそ》や料理に舌鼓《したつづみ》を打つのが毎年のならいであったが、今年はいささかようすが違った。

主人の平右衛門《へいえもん》と内儀《ないぎ》のお久《ひさ》は顔をそろえているが、跡取り息子の央介《おうすけ》がいない。だが使用人たちも、これには心当たりがあった。

央介は今日、十七になった。この年頃にはよくある話だが、悪い遊びを覚えたのは一年ほど前からだ。得体《えたい》の知れない遊び仲間とつるんでは、盛り場などに出入りして、家に戻らぬ日もめずらしくはなくなった。おそらくいまごろは、どこぞの茶屋で夜明かしのあげく、朝寝を決め込んでいるのだろう。

不肖の倅《せがれ》については察しがつく。だが、央介のいるはずの場所に、ちんまりと座る子供の姿には誰もが面食らった。

七つくらいに見える、女の子だった。ひどくやせている上に、どうにも垢抜《あかぬ》けない。色だけは一度も日に当たっていないかのように生っ白《ちろ》いが、着せられている正月用の赤い晴れ着はぶかぶかで、いっそう貧相に映る。

「こちらのお方は、イオさまと申してな、国見屋の大事な客人と心得てもらいましょう」

主人のもったいぶった口ぶりが、目の前の子供にどうにもそぐわない。おかしなことはもうひとつある。十一月下旬から昨日まで、平右衛門は店をあけていた。戻ったのは昨夜遅く、そろそろ除夜の鐘が鳴ろうかという刻限で、この女の子を伴っていた。一年でもっとも忙しいこの時期に、主《あるじ》がひと月以上も留守にするなど初めてだ。

いったい何者なのだろうと、好奇に満ちた無遠慮な視線が、赤い着物に集まった。と、まるで察したかのように、それまでおとなしく畳に目を落としていた子供が、ぱっと顔を上げた。

「おら、イオだ。これから厄介《やっかい》になるだ」

田舎者丸出しの口ぶりに、女中たちは慌てて下を向いて噛みころしたが、後ろにならぶ小僧たちからは、あからさまな失笑がもれた。ごほんごほんと主人が咳をして、一同がまた水を打ったように静かになる。

「イオさまは十歳になられてな、今年いっぱい、大晦日《おおみそか》まで、うちでお世話をさせていただくこととなった。くれぐれも粗相《そそう》のないようにな」

まるでやんごとなき姫君をお迎えするような口ぶりだが、生まれの良さなど欠片《かけら》も感じられない。歳《とし》よりもからだが小さいのも、貧しいためだと考えた方が合点《がてん》がいく。

上を向いた鼻先と味噌《みそ》っ歯《ぱ》に愛嬌《あいきょう》があるが、やせっぽちのせいか目ばかり大きく見える。それをいっぱいに見開いて、めずらしそうに一同をながめまわした。

しかし好奇心に満ちあふれた、その目に出合ったとたん、使用人たちは、これまで感じたことのない居心地の悪さに襲われた。ある者は悪寒《おかん》に震え、ある者は口の中に苦い味が広がった。にわかに吐き気を覚えた者もいて、誰もが逃れるように子供から目を逸《そ》らした。

その中からふいに、度はずれた悲鳴が響きわたった。新年の場には、甚《はなは》だそぐわない。大番頭が、尻を浮かせた。

「昇吉《しょうきち》、いったいどうしたんだ」

二年前に小僧から上がった、若い手代《てだい》だった。真っ青な顔で、主人のとなりを指さしている。

「目が……目が……金色に光って……」

思わず皆も子供をふり向いたが、手代が騒ぐような異変はない。ただ、やはりまともに目を合わせるのは具合が悪いようで、誰もが早々に若い手代に視線を戻した。

「やめろ、やめてくれ……その目で見るな――っ！」

昇吉はまるで、閻魔《えんま》大王の前に引き据えられた罪人のように、畳に突っ伏して頭を抱え込んだ。瘧《おこり》にかかったみたいに、がたがたと震えている。

「ほんの、出来心だったんです……もうあんな真似は二度としません。だから、許してください！」

伏したままの手代から泣き言がこぼれ、皆は怪訝《けげん》な眼差《まなざ》しを交わし合う。主人の平右衛門だけは、にわかに表情を険しくした。滅多に見せぬ、剣呑《けんのん》な佇《たたず》まいだ。

「昇吉、おまえはこちらへ来なさい。与惣助《よそすけ》も残るように。あとの者は下がってよろしい」

台所には、奉公人のための屠蘇やお節《せち》の仕度ができている。皆には祝いの膳を囲むよう言いわたし、大番頭の与惣助と若い手代だけを残した。

「お久、おまえにはイオさまの世話をたのむ」

心得た妻が子供を連れて座敷を辞すと、平右衛門は切り出した。

「昇吉、おまえ何か、悪事を働いたのだろう」

最前からずっと、平伏したままの手代が、あからさまにびくりとした。

「正直に言いなさい。イオさまの前では、誰も嘘なぞつけないのだからね」

「旦那さま、それはどういう……」

与惣助が、当惑気味に主人を仰《あお》ぐ。

「イオさまには、神通力がおありになるのだ」

平右衛門はことさらのしかつめ顔で重々しく告げ、初老の大番頭は、さらに困惑の色を深くした。

「それでは昇吉、おまえは店の金をくすねていたというのか？」

目を剝《む》いた大番頭の前で、昇吉はひたすら平謝りをくり返す。

「申し訳ありません。つい、出来心で……申し訳ありません！」

「まさかおまえが、博奕《ばくち》に手を出していたとは」

平右衛門が、重いため息をついた。いつからだと問うと、三月《みつき》ほど前だとこたえる。与惣助が、思い当たる顔をした。

「三月前というと、たしか国許《くにもと》にいた、おまえのおっかさんが亡くなったころじゃあ……」

畳に額をこすりつけたまま、はい、と小さくうなずいた。

「おっかさんは何年も寝ついたままで、私が江戸の土産《みやげ》をもって藪入《やぶい》りに帰ることだけを、たったひとつの楽しみにしておりました……それは私にしましても、同じことで」

その張り合いがなくなって、ぽっかりと心に穴があいた。そんなとき知り合いの屋敷中間《ちゅうげん》に声をかけられて、昇吉はうかうかと誘いに乗ってしまった。中間が出入りしている大名の下屋敷では、昼間から賭場《とば》が開かれていた。

「使いの帰りに、ついふらふらと足が向いてしまい、気づけば病みつきになっていました」

わずかな蓄《たくわ》えもすぐに底を尽き、胴元《どうもと》に三両の借金を拵《こしら》えてしまった。返さねば店にとり立てにいくと脅されて、ここに来てさすがに昇吉も、相手の思うつぼに嵌《は》まってしまったと遅まきながら気がついた。

「一刻も早く、三両を返さなければと……」

「掛け取りの金から、三両を盗んだというわけか」

大番頭に念を押され、昇吉はまた顔を伏せた。師走《しわす》半ばのことで、忙しさに加え、金の出入りも激しい時期だ。昇吉は魔がさしたのだろう。

「おまえという奴は……このまま番屋に突き出されても、仕方のないことをしたのだよ」

与惣助に責められて、とうに観念しているのだろう、昇吉からすすり泣きがもれた。

平右衛門は、しばし考えて、ひとつだけ昇吉に確かめた。

「昇吉、おまえは三両を返してからは、博奕場《ばくちば》には行っていないのだね?」

はい、と手代は神妙にうなずいた。半月のあいだ秘密を抱え、実のところ精も根も尽きかけていた。たとえ頼まれても、二度と博奕には手を出したくないと涙ながらに訴えた。

「わかったよ、昇吉。そういうことなら、今回のことは水に流そう」

「旦那さま、よろしいのですか?」

大番頭が念を押す。

奉行所に訴えれば、何かと面倒が多い。奉公人の使い込みは、おおむね内済《ないさい》にするのが常だが、まず店を首になるのは免れない。しかし平右衛門はそうしなかった。

「昇吉、おまえにはいままでどおり、国見屋で働いてもらう。むろん三両の金は、おまえの給金から少しずつ返してもらう。それでいいね？」

もとより阿漕《あこぎ》な主人ではないが、何の罰も与えぬようでは示しがつかない。ありがたそうに何べんも頭を下げながら手代が座敷を退《しりぞ》くと、大番頭はやんわりと苦言を呈《てい》した。

「昇吉は、十八だろう？　央介と歳が近いせいか、他人事《ひとごと》とは思えなくてね」

平右衛門が、切ないため息をつく。手代と同じ疑いが、この家の倅にかけられているとは、大番頭は思いもしなかった。

「イオさまのおかげで、奉公人の不始末に気づくことができました。ありがとうございました」

早めに芽を摘《つ》みとることができたのは、当の昇吉にとっても何よりだった。客間に赴《おもむ》いた平右衛門は、縁側から庭に向かって深々と頭を下げた。

この家でもっとも上等な座敷は、凝《こ》った造りの庭に面している。池には錦鯉《にしきごい》が泳いでいて、平右衛門が来たときには、イオは池のふちに腹這《はらば》いになって熱心に鯉を見ていた。

先刻の騒ぎにも動揺しているようすはないが、座敷に据えられた塗りの膳は、雀《すずめ》がついたほどしか手をつけられていない。

「お口に、合いませんでしたか」

「そんなことはね、旨かっただ。おらたちは睦月神《むつきがみ》さまの加護があるだで、飯はほんの少ししか食わねえだ」

「さようでしたか……では、何か甘いものでも運ばせましょう」

平右衛門は、たいそうな気の遣いようだ。大声で女中を呼ばわったが、廊下の向こうから近づいてきた足音は、妻のお久だった。

「旦那さま、大変です！」

ぎくりと、小柄な平右衛門のからだがこわばって、おそるおそるたずねた。

「まさか、また央介が、何か揉《も》め事を起こしたのか」

「いえ、そうではございません。いま、おとなりから知らせがあって……近江屋《おうみや》さんが風神《ふうじん》一味に襲われたと……」

近江屋は同じ新川沿いにある同業者で、構えは国見屋よりさらに大きい。近江商人だけあって商売は抜け目なく、儲けにもうるさいとの評判をとっていた。

「蔵から五百両が盗まれて……近江屋のご主人は、殺されたそうにございます」

「殺された……」

縁で膝立ちになっていた平右衛門が、すとんと尻を落とした。

黙って金をさし出すなぞ、近江屋にとっては業腹《ごうはら》だったのだろう。なかなか蔵をあけようとせず、隙《すき》を見て逃げ出そうとしたために賊に刺し殺されたという。

「央介は……央介はどこに行った！　すぐに探して問いただださねば」

「旦那さま！　滅多なことは口にしないでくださいまし」

「お久、おまえも知っているだろう。央介が近江屋の主人と往来で言い争っていたのは、ついこの前のことじゃないか」

「でも、まさか……」

片手で口を覆《おお》い、お久はうつむいて肩をふるわせた。

ふと気がつくと、イオがふたりを見上げていた。

「申し訳ありません、とり乱してしまいまして」

「かまわね。おーすけのことなら、おらにもきかせてくろ。おらはおーすけのために、ここに呼ばれただ」

手代があれほど怯《おび》えた大きな目は、いまの平右衛門には何よりも心強いものに思われた。

「風神というのは、半年ほど前から江戸を騒がせている、三人組の盗人《ぬすっと》一味です」

妻とイオとともに客間に落ち着き、平右衛門は話し出した。

これまでに五軒の店が襲われて、死人は近江屋で三人目となる。ことさら人殺しを好むわけではないが、逆らえば容赦はしない。これまでに、合わせて一千五百両が奪われていた。

「その賊が、おーすけではねえかと、旦那さと内儀《かみ》さは考えているだか？」

「違います！　央介のはずがありません！」

悲鳴のように、内儀のお久がさえぎった。

「たしかにあの子は、央介は、去年から荒れています……何が気に障《さわ》ったのかはわかりませんし、理由《わけ》などないのかもしれません……あの年頃の男子《おのこ》には、時折あるそうですし」

「ふうん」

返事はぞんざいだが、そういうものかという顔をする。歳《とし》より幼く見えても十歳だ。話の深刻さは、見かけよりも理解しているのかもしれない。平右衛門が、先を続けた。

「あたしとて、倅を疑いたくはありません。ですが……見たという者がいるのです」

「見た？」

「風神一味が現れた晩、あたしどもと昵懇《じっこん》にしているさる料理屋の板長《いたちょう》が、逃げ去る三人組を見たそうです。路地を出ようとしたところで、物陰から垣間見《かいまみ》たと」

十一月の初め、真夜中に近い時分のことだ。その料理屋は、湯島天神傍《ゆしまてんじんそば》にある。板長は店仕舞いを終えて、長屋に戻る途中だった。

通りをすごい勢いで駆け抜ける三人組に、まず板長はびっくりした。三人は板長の前を気づかずに通り過ぎ、中のひとりがそこでころんだ。

「馬鹿、何してる、央介!」

仲間から叱咤《しった》され、すぐに男は立ち上がったが、次いで遠くから声がした。

「風神だ! 風神一味が出たぞ!」

一町《ちょう》ほど離れた辺りで、にわかに騒ぎが大きくなる。その声が追い風となったかのように、三人組は一目散に逃げ去った。

国見屋の下り酒を贔屓《ひいき》にしている板長は、平右衛門とは長年のつきあいで、気心も知れていた。央介とも面識はあるが、賊の顔は暗くて見えなかった。

——決して多い名前ではないが、別人に違いない。

そう思いながらも板長は、平右衛門にだけ仔細《しさい》を告げた。央介が悪仲間とつきあいがあることを、耳に入れていたからだ。

——取越し苦労は承知の上だが、きこえた仲間の声は案外幼かった。どうも気が揉めてな。

誰にももらさぬと板長は約束してくれたが、この夜の行先を倅に確かめた平右衛門は、卒倒せんばかりに青ざめた。

「いつもどおり色街の茶屋にいたと、央介はこたえました。ですが……」

と、父親は、後の言葉をためらった。母親のお久も、辛そうに目を伏せる。

「央介は、両の膝と右腕に、大きな傷を拵えていました……ちょうど往来で、派手にころんだような……」

以来、夫婦はまんじりともできぬようになり、平右衛門は思い余ったあげく、忙しい最中《さなか》に店を放り出し、同じ月の二十日過ぎに江戸を立った。

「それで旦那さは、睦月神さまにお願いし、おらがよこされたというわけか」

「さようです……倅が本当に風神一味なのかどうか、確かめていただきたくて」

「確かめさえすれば、それでいいだか？」

まっすぐに見詰められ、平右衛門がたじろいだ。もしもひとり息子が、本当に悪事に手を染めていたら――。不吉な予感に、ごくりと喉《のど》が鳴った。

「確かめて……その後のことは、正直決めかねておりました」

事が公《おおやけ》になれば、倅は死罪となろうし、極悪非道な盗人を出したとなれば、何代も続いた国見屋の商売もおしまいだ。

「万が一、央介が罪を犯しているのなら、あの子を刺し殺して私も自害します！」

「これ、よしなさい、お久」

「でも、おまえさま、それより他に……」

お久が泣き崩れ、平右衛門も、梅雨時の雲より湿ったため息をつく。

「どうしたらいいのか、わからなかったからこそ、睦月神さまにおすがりしました。その家に幸甚《こうじん》をもたらすという、座敷童《ざしきわらし》に降りていただければ、何かよい兆しも見えるのではないかと……」

「おらにあるのは、睦月神さまから授《さず》かった『鏡』の力だけだ」

うーん、と子供は困った顔で口を尖《とが》らせた。

不肖の息子が家に戻ったのは、その夜、遅い刻限だった。

真夜中を告げる九つの鐘が鳴り、その余韻《よいん》が遠ざかったころ。国見屋では主人夫婦も奉公人も寝息を立てていた。その静寂が、甲高い悲鳴で突然破られた。

「助けてくれ――っ！　化け物だぁ――っ！」

平右衛門とお久がまずとび起きたのは、声がそれだけ近かったからだ。悲鳴は外からで、奥座敷に面した庭だと知れた。

「あの声は……」

気づいたお久が、急いで綿入《わたい》れを羽織《はお》り、廊下にとび出した。平右衛門も後に続く。夫婦の寝間《ねま》のある廊下の角を折れると、一家の居間と倅の部屋、そして客間に至る。

「……イオさまの、部屋の前だ」

平右衛門の不安は的中した。月はなく、池も庭木も塗りつぶした墨絵のように沈んでいる。だが、その暗闇から、ひっきりなしに声がする。

「やめろ、あっちに行け、来るな、来るなあぁぁ！」

「央介！　央介ですか？」

お久の呼びかけに、悲鳴はぴたりと止まった。庭にうずくまっていた黒い影が、一目散に夫婦のもとに走り寄る。

「おおお、親父、おふくろ！　ばばば、化け物だ！　庭に化け物がいる」

最近は、両親とまともに口さえきかなくなっていた倅が、まるで十も歳が戻ったかのように、お久にすがりつく。

「央介、しっかりしなさい。化け物なぞ、いるはずが……」

「本当なんだ、親父。池の前に、化け物がうずくまっているんだよ」

母親の綿入れの袖を握りしめたまま、央介は指だけで示し、決して見ようとはしない。

平右衛門がそちらに顔を向けると、池の辺りの植え込みの枝葉が、たしかにかさりと鳴った。夫婦もぎくりとしたが、不安を払うように小さな声がした。

「すまね、脅かすつもりはなかっただが」

「……イオさま。イオさまでございますか？」

んだ、と短く返事して、イオは縁の前に立った。

「このような刻限に、何をなさっていたんです？」

「鯉を見てただ」

「この真っ暗闇では、池を覗《のぞ》いたところで何も見えますまい」

「おらには見えるだ。おらたちは皆、夜目《よめ》がきくだ」

さようですか、と平右衛門が、狐につままれたような顔をする。

倅が、そろっと顔を上げた。

「……化け物じゃ、ねえのか？」

「これ、滅多なことを口にするな。こちらの方は、国見屋の大事なお客さまだ」

「客、だと？」

おそるおそるふり向いて、叫びざま母親にしがみつく。

「やっぱり化け物じゃねえか！　目が、目が、金色に光って！」

夫婦が同時に、はっと固まった。

「央介、おまえ……このイオさまの目が、光って見えるのか？」

「あたりめえじゃねえか！　親父にはわからねえのか？　あんなにはっきりと光って……」

「央介、もういっぺんしっかりと、イオさまの目を見るんだ」

「嫌だ、冗談じゃねえ！　その化け物を、どっかにやってくれ！」

「央介！」

日頃はついぞきくことのない、厳しい声が父親からとんだ。それでも従おうとしない央介を、平右衛門は無理やり母親から引き剝《は》がし、倅のからだをイオの方に向けた。

央介の喉から、絶叫がほとばしった。

「もうこれで、国見屋はおしまいだ」

平右衛門は茫然《ぼうぜん》としたまま座敷に座り込み、内儀のお久は寝込んでしまった。

混乱した央介は、遊び仲間のふたりとともに、盗みに手を染めたことを口走った。騒ぎをききつけて奉公人が集まってきたから、詳しく問いただす暇《いとま》もなかったが、夫婦にはそれだけで十分だった。

央介はそれからずっと、自室に閉じこもったままだったが、昼を過ぎたころ、その部屋の襖《ふすま》があいた。

「おーすけ、飯だぞ」

返事はなく、座敷の真ん中に、盛り上がった布団だけが見える。

「朝餉《あさげ》も食ってねえから、大番頭さが心配してるだ」

主人一家の誰も、朝から食事をとっていない。案じた女中が大番頭に告げて、迷いながらも与惣助は、神通力があるという子供に相談をもちかけてみた。

「おらもこっから先は、どうしていいだかわからねえだ」

うーんとイオは、やはり困った顔をしながらも、ひとまず大番頭の頼みを受けて、味噌汁と握り飯を載せた盆を抱えて、央介の部屋にやってきた。

「頼むから、出ていってくれ！　神だか化け物だか知らねえが、関わるのはご免だ」

かけられた幼い声から、金色の目のお化けだとわかったのだろう。布団を頭から引っかぶった央介が、くぐもった悲鳴でこたえる。

「おらは神でも化け物でもね。ただの鏡だ」

枕元に、盆が置かれた。味噌汁のいい匂いにつられてか、布団の中から、腹の虫の鳴る音が大きく響いた。

「やっぱり腹がへってるだな。おらにかまわず、たんと食え」

しばしじっとしていた布団のかたまりから、窺《うかが》うようにそろっと手が伸びた。握り飯を引っつかむと、猫に出会ったネズミのように、ぴゅっと布団の中に消える。

「おもしれえな」

イオは興味を引かれたように、布団の横にしゃがみ込んだ。イオの手には余るほどの大きな握り飯だが、ひとつ目はまたたく間に腹に収まったようだ。ふたたび布団から手が伸びて、やはり飯をつかんでぴゅっと消える。うふふ、とイオが笑い声を立てた。

だが、三たび手が出てきたときは、ようすが違った。手は盆の前をうろうろし、しきりに何かを探している。

「くるし……水……」

「飯が喉につかえただか？　ほれ、おーすけ、これを飲むだ」

小さな手が、味噌汁の椀を央介に渡してよこす。思わず布団から頭を出して、央介は急いで椀の中身をすすった。

「大丈夫だか？」

はあ、と人心地ついた央介だが、イオに気づくと、慌てて布団の中に潜りこむ。

「おーすけは、野鼠《のねずみ》みてえだな」

うふふ、と、またイオが笑う。

「おらの里の傍には、野鼠も鹿もウサギもいっぱいいるだ。でも、傍に寄ろうとすると、みんなおーすけみてえに逃げちまう」

深い山奥にあるという故郷の話を、あれこれと語りはじめた。春には霞《かすみ》がかかり、夏は濃い緑に覆われて、秋には実りを迎え、冬は深い雪に閉ざされる。ごくあたりまえの山の話で、訛《なま》りが強いことを除けば、声も話しようもあたりまえの子供と一緒だ。

イオの話がひと段落すると、布団の中から央介がたずねた。

「おまえ、いったい何者だ？」

「村の者《もん》は、おらたちを『睦月童』と呼ぶ。おらたちは睦月神さまの子供だから、そう呼ばれるだ」

睦月神なぞ、央介は初めてきいた。イオの暮らす、睦月の里に祀《まつ》られる神さまだという。

「金色の目や、気味の悪い神通力は、そのためか？」

「おらの目が金色に見えるのは、この家の中ではおーすけと、昨日騒いでた者だけだ」

イオは平右衛門からきき知った、手代の昇吉の話をした。もっとも仔細はきかされていないから、かなりおおまかなものだ。それでも央介はあらましを理解したようで、布団の中から声だけで応じた。

「つまりは店の手代が、何か悪さをして、おまえに見破られたというわけか」

「だども、何をしたかは、おらにはわからね。おらの力は、ただの鏡だ」

「鏡って、何だ？」

「人の罪を、映す鏡だ」

昨夜のことを思い出したのか、布団ごと央介は大きく胴震いした。

「おーすけは、何か悪さをしたのだろ？　罪人《つみびと》には、おらの目は金色に光って見えて、犯した過《あやま》ちが目の前に現れる……カナデさまは、そう言ってただ」

カナデさまというのは、睦月の里の長老だと、イオはつけ加えた。

「旦那さが言ったとおり、おーすけは風神一味だっただか？」

「違う！　おれは、風神一味なんぞじゃねえ！」

布団をはねのけて、央介が怒鳴った。だが、イオと目が合うのを避けて、つつかれた蝸牛《かたつむり》のごとく、たちまち頭をひっこめる。

「おれは、風神一味じゃねえ……そうじゃねえ、そうじゃねえんだ……けど……」

ぐすぐすと、洟《はな》をすする音がする。まるで大きな蝸牛が泣いているようだ。

「なあ、おーすけ。さっきも言っただが、おらには鏡の力しかねえ。こっから先は、おーすけがどうにかするしかねえだ」

「……おれに、何ができるってんだ」

「わからね。けど、おーすけの胸ん中には、岩みてえなおっきなかたまりがあるんだろ？　その岩をどかせるのは、おーすけしかいねえんだ」

小さな手は、やわらかい殻《から》のような布団を、ぽんぽんとたたいた。


この先、向こう十年は近寄るまい――。

自身にとっては禁忌《きんき》に等しいその場所に、央介は翌日、足を向けた。

湯島天神の門前町である。

一の鳥居のすぐ傍に、小さな手遊び屋がある。張子《はりこ》の犬や、今戸《いまど》焼きの土人形、でんでん太鼓などが狭い店内に並べられた、いわゆる玩具屋だ。

ふたりの遊び仲間とともにこの店を覗いたのは、たまたまだった。暦《こよみ》が十一月に変わり、まもなくのころだ。

色街で朝寝を決め込み、帰りにぶらぶらと参道を歩いた。三人の行きつけは、もっぱら本所竪川《ほんじょたてかわ》沿いの色街であったが、前夜、仲間のひとり、実太郎《さねたろう》が言い出した。

「よお、たまには河岸《かし》を変えてみねえか？」

「変えるって、どこに？」と、やはり仲間の梅吉《うめきち》が問う。

「湯島の岡場所によ、安くてたっぷりと遊べる店があるそうなんだ。さして美人はいねえそうだが、その分情が濃くってよ、朝まで離してくれねえんだとよ」

いひひ、といやらしく笑う。央介同様、大店《おおだな》のどら息子で、女好きにかけては三人の中でも群を抜いている。実太郎は、日本橋本町にある生糸《きいと》問屋、真柴屋《ましばや》の倅だった。

「てめえも好きだな。ま、安いのはありがてえ。つき合ってもいいぜ」

一方の梅吉は武士の倅だが、父親は浪人者で、裏長屋住まいの棒手振《ぼてふ》りと変わらない貧しい暮らしぶりだ。当人も町人身なりで刀も差していないが、腕っぷしは強い。

ひとりで色街をうろついていた最中、ごろつきに絡まれたことがある。難儀していた央介を助けてくれたのが、このふたりだ。何となく馬が合い、以来、三人でつるむようになった。

実太郎と央介が財布となって銭を出し、梅吉が用心棒の役目を果たす。三人そろえば、怖いものなど何もなかった。その増長が、あのような禍《わざわい》を招いたのかもしれない。

「ったく、散々だったぜ。美人はおろか、ぴんからきりまでババアばかりじゃねえか」

参道を行きながら、梅吉がぶつくさと文句をたれる。梅吉以上にがっかりきていたのは実太郎だった。

「あれじゃ、おっ立つもんも立ちゃしねえよな。おまけにあの女たちときたら、浴びるほど酒をかっ食らいやがって。おかげでいつもより高くついちまったぜ」

ふたりが競って、ため息の数ばかりを稼ぐ。気塞《きふさ》ぎな空気を、少しでも紛《まぎ》らせたかったのかもしれない。『みみずく屋』と書かれた手遊び屋を指さしたのは、央介だった。

「あれ、何だろうな？」

店先に並んでいたのは、手のひらに載るほどの竹製の玩具だった。深編笠《ふかあみがさ》をかぶった起上《おきあが》り小法師《こぼし》のようなものが、竹の座布団の上に正座している。たかが子供の玩具だ、興《きょう》を惹《ひ》かれたというほどでもない。それでも三人は、みみずく屋の前で足を止めた。

「いらっしゃいまし」

土間《どま》はなく、代わりに腰掛けが軒下《のきした》に張り出している。三人はそこに腰を据えた。土人形などが並べられた小座敷の奥に、髪の白い老婆がひとり、店番をしていた。

「これ、何だい？」

「『とんだりはねたり』といいましてね……こうして竹ひごを引くと笠がとんで、

からだがはねるんですよ」

竹の座布団の下に、細い竹の棒がついている。どうやらばね仕掛けになっているようで、これを引っ張ると、座布団ごと人形がぴょんとはね、かぶっていた深編笠がとんで、相撲力士が顔を出した。いたって単純な仕掛けだが、動くというだけで興が乗る。

「へえ、初めて見るな」

「どれどれ、おれもやってみるか」

「お、こっちは白兎だ。招き猫もあるぞ」

とりどりに彩色された人形や、思いの外《ほか》にとぶさまが面白く、次々と試していたが、もともとは子供の使うものだ。からだだけは大人の三人が引っ張ると、ばねが伸びきってしまったり、竹棒ごととれてしまったりして、たちまち三つほどが壊れてしまった。

「何だよ、ちゃちな細工《さいく》だな」

「こんなもんで、金をとろうってのか？」

「子供騙しにしても、ひでえ代物《しろもん》だな」

詫《わ》びるどころか、逆にいちゃもんをつける。婆さまはおろおろするしかなかったが、そのとき奥から、店の主人が現れた。

「この罰《ばち》当たりが！　大事な商売物を駄目にしおって！」

やはり白い頭の、腰の曲がった爺さまで、夫婦で店を切り盛りしているようだ。ただ、気の弱そうな婆さまと違って、やたらと威勢がいい。

「昨日入ったばかりの品だというのに、売る前に壊されては商売にならんわ。どうしてくれる！」

「わかったよ、爺さん、金を払やあいいんだろ」

実太郎が財布を出し、小粒銀を放り投げた。まるで物乞いにでも与えるような態度がよくなかったのだろう。相手がますますいきり立つ。

「金の話ではないわ！　商売物に傷をつけた上、あやまりさえせんとは、どういう了見《りょうけん》だ！　いいか、おまえたちのやったことは、盗人と同じだぞ」

「何だと？」

梅吉の目つきが、明らかに変わった。

「おれたちを、盗人呼ばわりするつもりか？」

「品を壊して難癖までつけるとは、白昼堂々の強盗《がんどう》と何ら変わりない。こそこそ盗む空き巣狙いの方が、まだ可愛げがあるわ」

「金は払ったんだ。盗人呼ばわりされる謂《いわ》れはねえよ」

央介も負けじと声を張ったが、老齢の主は一歩も引き下がらない。

「金さえ払えば、だと？　どうせおまえたちが稼いだ金ではなかろうが。稼ぐ辛さも知らぬ小僧っ子が、偉そうにするなっ！」

老爺《ろうや》は小粒銀を拾い、たたき返した。銭は梅吉の額の上で、ぴしりと音を立てた。梅吉の顔が、たちまち憤怒にかられ赤く染まる。

央介と実太郎は商家の坊ちゃんとして育ち、一方の梅吉の父親は、子供のことなぞ放ったらかしだ。三人ともこんなふうに、頭ごなしに怒鳴られたことなど一度もない。

「この糞爺いが！　調子に乗りやがって！」

畳を蹴り上げんばかりの勢いで、梅吉が草履《ぞうり》のまま小座敷に踏み込もうとする。怒らせたら、誰よりも怖い。梅吉の性分《しょうぶん》を知っているふたりは、必死で止めた。

「おい、まずいって、ウメ。まわりを見てみろよ」

「見物人が多すぎる。この辺の親分にでも出張られちゃ、厄介なことになるぞ」

老主人のはばかりない怒鳴り声が、人を集めたのだろう。気づけば店の前に人垣ができつつあった。番屋に知らせたらどうだの、親分を呼んでこいだの、ささやく声がきこえ、急に怖くなったのだ。

央介と実太郎は、ふたりがかりで梅吉を引っ張るようにして、どうにか店を出た。

「何だって止め立てしやがった。盗人あつかいされたんだ。たとえぶん殴っても文句を言われる筋合いはねえよ！」

　ひとまず参道から離れたものの、梅吉の腹立ちは収まらない。央介と実太郎もやはり気分が悪く、結局、験直《げんなお》しに呑み直すことにして、近くにあった蕎麦屋《そばや》の暖簾《のれん》をくぐった。昼までには間があるためか、他に客はおらず、三人は座敷に上がり込み酒と肴《さかな》を注文した。酒が運ばれて、盃《さかずき》をあおったところで実太郎が情けない声をあげた。

「ああっ、爺いに投げ返された銭を忘れてきた。ちきしょう、二朱《しゅ》あれば結構遊べたのによ」

「何だよ、二朱も払って、盗人だと騒がれたのか？　ったく、割に合わねえな」

と、央介も口を尖らせた。

「とはいえ、いまから戻る気にはとてもなれねえし。ああ、ああ、大損しちまったぜ」

　酒や女には財布の紐もゆるくなるが、くだらぬ散財に、要《い》らぬ説教まで食らった。損は何倍にも大きく思え、実太郎と央介は、ことさら大きなため息をついた。

　しかし、梅吉は違った。ふたりに向かって、にやりと笑う。

「いや、二朱はとり返しにいこうぜ。銭をいただいて、あの爺いにひと泡吹かせてやる。どうだ、乗らねえか？」

最初は冗談かと思った。が、梅吉は本気だった。

「言われてみりゃ、理はなくもねえ。あの爺い、おれたちを強盗だと言ったんだ。本当の強盗になるのも、悪くねえ」

央介が間をおかず同意して、最後まで尻込みしていた実太郎を説き伏せる側にまわったのは、梅吉に臆病者とそしられるのが怖かったからだ。

「だがよ、あのときの三人組だと、ばれやしねえか？　爺いに気づかれたら、おしまいだぞ」

「なあに、罪は風神一味にかぶってもらやいい。あちらも三人、こちらも三人だ。ひとつくれえ盗み先が増えたところで、土壇場《どたんば》行きは変わらねえよ」

三人組の盗人の噂は、江戸の巷《ちまた》を席巻《せっけん》していた。

そして四日後、三人は手遊び屋に押し入った。央介と実太郎が踏み台になり、身軽な梅吉が塀を乗り越え、潜り戸をあけた。固く閉じられた裏口を心張棒《しんばりぼう》ごと蹴り破り、老夫婦を脅して有り金をすべてさし出させた。

「おれたちゃ、風神だ。あんたらも知っているだろう。命が惜しかったら、金で購《あがな》いな」

梅吉の声は、頭巾《ずきん》越しにくぐもってきこえた。

思い返すと、悪い夢のようだ。押し入ったときは無我夢中で、ちょうど疾走する早馬にでもまたがっていたかのようだ。降りることも止まることもできず、目さえあけられない。金を奪い、逃げる途中で派手にころんだ。ふり落とされて初めて、汗と恐怖がいちどきに押しよせてきた。

怖い——！　怖い怖い、怖い怖い怖い怖い——。

あんな思いは、二度とご免だ——！。

なのにイオの目を見たとたん、あの恐怖をそっくり写しとった紙を、ぺたりと張りつけられたように、怖い思いでいっぱいになった。

——こっから先は、おーすけがどうにかするしかねえだ。

「……おれに、何ができるってんだ」

頭に浮かんだ座敷童に、同じ台詞《せりふ》を情けなく返した。

正月三箇日《さんがにち》を過ぎても、湯島天神の参道は、今日もたいそうなにぎわいだ。央介がここに通うようになって、すでに三日目になる。定席《じょうせき》となりつつある鳥居の柱に身を隠し、みみずく屋を窺った。

「やっぱりいねえや……頑固爺いと婆さまは、どうしちまったのかな」

一昨日から毎日出向いているが、老夫婦の姿を一度も見かけない。刻《とき》を違えてもみたが同じことで、客の相手をしているのは、背が低く小太りな中年女ひとりきりだった。

「まさか、盗人にびっくりした拍子に、おっ死《ち》んじまったなんてことはねえだろうな」

妙な心配まで頭をもたげ、四半刻《しはんとき》はたっぷりと立ちん坊をしてから、央介は思いきって近づいてみた。おそるおそる暖簾の内を覗いてみたが、やはり白髪頭は見えない。

「いらっしゃいまし。何かお探しですか？」

丸い顔の中年女が、愛想よく声をかける。

「いや、ええっと、妹に何か買ってやろうかと……」

「そうですか。妹さんは、おいくつですか？」

「……十歳です。歳にくらべて、まだまだガキで」

咄嗟《とっさ》についた嘘だったが、すぐにやせっぽちで目ばかり大きな顔を思い出した。

「女の子でしたら、鞠《まり》や江戸《えど》姉様《あねさま》はいかがです？　あいにくと羽子板《はごいた》は、みんな売れちまいましてね」

千代紙《ちよがみ》で拵《こしら》えた姉様人形などを手にとりながら、できるだけ何気ないふうに切り出した。

「そういや、ずっと前に一度この店に来たときは、たしか歳のいった夫婦が店番をしていやしたが……」

「ああ、あたしの父と母です。あたしは嫁に行って、いまは四ツ谷《よっや》で暮らしてますが、父の具合がよくなくて、母もつき添っていましてね」

娘は代わりに四ツ谷から、毎日通っていると語った。

「具合が悪いって、病ですか?」

「いえね、腰を痛めちまって。ふた月ほど前に、風神一味に寝込みを襲われましてね」

ぎくりとして、腰掛けに載せた尻が、この前の玩具のようにはねそうになった。賊が去った後、老主人は慌てて番屋へ走ろうとした。あげく石段からころげ落ちて腰を打ち、以来、寝たきりだという。

「それは、災難でしたね」

辛《かろ》うじて返すと、娘は大きくうなずいた。

「そうなんですよ。お金をとられたばかりか、父が寝込んで商いもできなくなって……風神一味が、どうしてこんな些細《ささい》な店を狙ったのかと、お役人ですら首をかしげる始末で。悔しいやら腹立たしいやら、どこにももって行き場がありませんよ」

参拝客相手の、小さな店だ。有り金を全て奪われた上、主人夫婦は商いもままならない。店をあけることすらできず、見かねて娘が亭主に頭を下げて、ここに通うようになったようだ。

「でも、いつまでもというわけにもいかないし、父の加減しだいでは、店を閉めることになるかもしれません」

凍えるような空模様にもかかわらず、たらりとひと筋、冷たい汗が脇の下を流れた。黙り込んだ央介に、女は慌てて口《ぐち》を押さえた。

「すみませんね、お客さまにこんな愚痴をきかせちまって」

「いえ……」

「それでも、命が助かったのだから。そう考えれば、十分にお釣りがきます。きっと天神さまのご利益《りやく》ですね」

命あっての物種だと、心底ありがたそうに鳥居を仰《あお》いだ。

遊び半分の意趣返《いしゆがえ》しが、この一家を窮地《きゆうち》に追い込み、稼業さえ潰そうとしている。盗んだ金は、ほんの数日で使ってしまった。

——稼ぐ辛さも知らぬ小僧っ子が！

老主人の声が、きこえるようだ。

「親父さんは、奥で寝ているんですかい？」

「いいえ、ここにいると店が気になって。すぐに無理をしようとするもんで、ちっともよくならなくて」

近くの親類の家で、夫婦ともども世話になっているという。

いっそう悄然《しょうぜん》とする央介に、娘が首をかしげる。しかし店先に別の客が現れて、先刻と同様、愛想よく迎え入れた。客はひと目で田舎出とわかる、ふたりの侍だった。

「このでんでん太鼓は、いかほどだ？」

赤子が生まれたばかりなのだろうか、若い侍がたずねたが、お代をきくと、たちまち眉《まゆ》をひそめた。

「さして上物《じょうもの》とも思えぬのに、いくら何でもその値《ね》はなかろう」

「お負けも、させていただきますが……このくらいでいかがでしょうか？」

ぱちりとはじいた算盤《そろばん》を、娘が見せた。しかし侍たちは、ますます機嫌を損ねた。

「もしや田舎者と、我らを侮《あなど》っておるのか」

「滅相《めっそう》もございません、お侍さま」

「ならば、まともな商いをすべきであろう。我らが国許では、この三割が相場だぞ」

みみずく屋は、一の鳥居のすぐ傍にある。いわば参道のとっつきにあたり、本殿からここまで、同様の手遊び屋はいくつもあった。おそらく何軒かで同じやりとりをして、相手にされなかったのだろう。腰の低い女ひとりとみくびって、鬱憤《うっぷん》を晴らすつもりかもしれない。

央介は、腰掛けからすっくと立った。

「お侍さま、たしかに江戸の参詣《さんけい》客相手の店は、日《ひ》の本一《もといち》お高いかもしれやせん。だからこそ、値《あたい》がありやす」

「何だ、小僧？」

にらまれたが、どちらもさほど上背はない。央介は侍と正面から向き合って、理詰めで説いた。

「考えてもみてくだせえ。同じ代物《しろもの》でも、近所で買ったもんと江戸の天神土産と、渡された者はどちらを喜ぶと思いやす？」

「それは……まあ」

「江戸土産であろうが」

「多少値が張るのは、その分でさ。ここは門前町の店としちゃ、決して阿漕じゃありやせん。あっしは日本橋の商家の倅で、江戸の物の価《あたい》はわかっているつもりです。そのあっしが、証し立てしやす」

道理は、侍たちにも通じたのだろう。ばつが悪そうに視線を交わす。たぶん参勤交代などで、地方から出てきた下級武士だろう。江戸の水にまだ慣れず、浅黄裏《あさぎうら》と馬鹿にされ、それでも武士の体面を保とうと必死なのに違いない。

「あの、お侍さま、うちの包みには、ちゃんと湯島天神の名が入っております。こちらで、ご勘弁願えませんでしょうか?」

最後のひと押しを、娘がしてくれた。縁起物《えんぎもの》でもある赤いみみずくの絵の横に、湯島天神参道と朱書《しゅが》きされた袋を見せた。

「まあ、それほどまで言うなら、仕方なかろう」

「ありがとうございます!」

思わず娘と一緒に、頭を下げていた。ふたりの侍が鳥居を出ていくと、ほうっと娘が大息をつく。

「本当に助かりました。男手がないせいか、あのような手合いが多くって。やっぱり日本橋の大店《おおだな》の坊っちゃんともなると、頼もしいですね」

「いや、おれは、家業についちゃさっぱりで……」

母親のような眼差しに、急にきまりが悪くなった。

「ですが……もしおれみたいな者でも役に立つのなら、手伝わせてもらえやせんか?」

「坊っちゃんに、ですか？」

「はい。商売は素人同然ですが、男が店にいれば、さっきみてえな輩《やから》にも少しは効き目があるかもしれやせん。人通りの多い参道で店番がひとりっきりじゃ、厠《かわや》に立つのも難儀でしょうし」

「それは、まあ……ですが、どうしてそこまで……」

娘の顔に、初めて訝《いぶか》しげな色が浮いた。央介は頭を懸命に働かせ、言い訳を探した。

「……うちの近所にも、風神一味に襲われた店があるんです。近江屋って酒問屋で、ご主人が殺《あや》められて」

「近江屋さんの災難なら、あたしもききました。うちのふた親も、まかり間違えば同じ憂き目に遭ってましたからね。とても他人事とは思えませんでしたよ」

「おれも近江屋の旦那とは、顔見知りでした。同じ風神一味ときいて、やっぱり他人事とは思えなくて」

「そうでしたか」

ふくよかな顎《あご》が、感じ入ったように上下した。

「もちろん、駄賃《だちん》など要《い》りません。そのう……こちらさんを手助けすれば、商売ひと筋だった近江屋の旦那も、喜んでくれそうに思えて」

言い訳はともかく、気持ちは伝わったようだ。

「わかりました。そういうことでしたら、よろしくお願い致します」

その日から央介は、毎朝、湯島天神へ出掛け、夕方までみみずく屋を手伝った。

「てめえ、いったい何を考えてやがる！」

胸ぐらをつかんだ梅吉が、ぎりぎりと締め上げる。

みみずく屋に通うようになり、まだ五日も過ぎていない。水をさしたのは、ふたりの悪友だった。実太郎もまた、苦言を呈する。

「盗みに入った先に、のこのこ顔を出したばかりか、店を手伝うだと？　正気の沙汰《さた》じゃねえぞ、央介」

元日の深夜から、央介は一度もたまり場に足を向けていない。ふたりも最初は心配してくれたようだ。昼間に国見屋を覗いても姿はなく、今朝になって、央介の後をつけてみたのである。

「まさかいまになって、怖気《おじけ》づいたんじゃなかろうな？　こんな真似をしたところで、おれたちの盗みが帳消しにはならねえんだぞ。てめえが下手を打ちゃ、盗人の正体がばれちまって、三人まとめてお縄になるんだぞ！」

梅吉の拳《こぶし》が頬にまともに当たり、央介は地べたにころがった。歯が折れなかったから、手加減してくれたのだろう。倒れた拍子に口の中に入った泥をぺっと吐き出し、地面に胡坐《あぐら》をかいた。

「ウメの言ったとおりだよ……おれはてめえのしたことが、怖くてたまらなくなったんだ」

「何だと」

「けどよ、何をどうやったって、おれたちの罪は消せやしねえ。たとえ全部ぶちまけて、みみずく屋に詫びを入れて盗んだ金を弁済したところで、許してもらえるたあとても思えねえ」

「てめえ、まさか……」

「仲間を売るような真似は、決してしねえよ！　だからこんなやり方しか、思いつかなかったんだ！」

みみずく屋の者に真実《まこと》は告げられず、それでも少しでも罪をすすぎたい。あふれた涙を、拳でぐいと拭《ぬぐ》った。

「おれは、償《つぐな》いたいんだ——それより他に、この怖さから抜け出す手がねえんだよ。毎日毎日、怖くて恐ろしくてならなくて……みみずく屋に通って、店を手伝って、どうにかその日一日を凌《しの》ぐことができる。やめちまったら、てめえがどうにかなっちまいそうなんだよ！」

「言いたいことは、それだけか……」

梅吉の双眼《そうがん》が、凄味を帯びた。

「それほど苦しいなら、いっそ楽にしてやろうか？」

「おい、ウメ。早まるんじゃねえぞ」

腹に火薬を抱えもっている。梅吉はそんな男だ。導火線に火がついたと察したのだろう。実太郎は躍起《やっき》になって消そうとする。

「こいつを野放しにすれば、必ずこっちにも厄介がふりかかる。ここで始末をつけちまった方がいい……おれたちのためにも、それに、こいつのためにもな」

湯島天神の境内の外れにあたり、まわりは木々ばかり。人気《ひとけ》のない寂しい場所だ。梅吉の腕力なら、右腕一本で、央介の息の根を止められる。

罪の意識とは別の恐怖が襲い、央介はのけぞりながら尻だけで後ずさる。間を詰めるように、梅吉が一歩前に踏み出した。

「馬鹿！　やめろ、ウメ！　そんなことしたら、おめえは戻れなくなる。まともに生きることが、できなくなっちまうぞ」

実太郎が、梅吉の背中にしがみつく。央介を助けるというよりも、梅吉のため
──そんなふうに見えた。

「まともに生きるだと？　んなもん、はなから諦めてるよ。てめえらと違ってな、

おれには継ぐ家も、先もねえんだよ！」

腕っぷしが強く、怖いものなど何もない。誰より頼もしく見えた梅吉の弱みを、垣間見たように思えた。いつも能天気そうな、実太郎も同じだ。人である以上、弱みも、そして罪の意識も、央介と同様あってあたりまえだ。

「ふたりとも、これからうちに来い。おれが何だってこんな真似をしたか、その理由《わけ》がうちにある。おまえらにも、見せてやるよ」

「うまいこと言って、逃げようなんざ……」

「逃げやしねえ！　おれはもう、逃げねえと決めたんだ！」

腰を上げて、立ち上がった。

「梅吉、おめえがもしそいつを見て、それでもおれを始末してえと思うなら……いいさ、おとなしく殺されてやる」

「ふん、面白え。いったい何を見せてくれるってんだ？」

「睦月童——神さまの使いだ」

梅吉は一笑し、実太郎も信じようとはしなかった。

しかし国見屋の奥座敷で、イオに対峙《たいじ》したとたん、ふたりのようすは一変した。

「やめろ！　もうやめてくれえ——っ！　頼むから、堪忍してくれ——っ！」

大嫌いな蛇《へび》がからだ中に巻きついてでもいるように、つんざくような悲鳴をあげて、実太郎が畳の上をころげまわる。

対して梅吉は、棒立ちになったまま微動だにしない。

「おい、ウメ、おまえ、平気なのか？」

「……平気なわけ、ないだろう……からだが、雁字搦《がんじがら》めで、動けねんだよ」

梅吉の頰を、たらりと涙が伝った。悪い汗をひとしずくずつ流すように、涙は止まることなく、いつまでも続いた。

「天神さまへの御参拝、ご苦労さまにございます。苦労は買ってでもせよと申しますが、子にはさせたくないのが親心。苦労知らずの縁起物といえば、不・苦労。御子さまの病よけに、赤ふくろうはいかがでしょうか」

今日もお参りの人でごった返す参道に、景気のよい口上《こうじょう》が響く。

「坊ちゃん、落とさぬよう気をつけて帰りなせえよ」

「うん、ありがとう」

大事そうに玩具を抱えた子供が、母親に手を引かれながら央介をふり返った。親子を見送って、央介は店先に立つ実太郎を仰いだ。

「サネがそんなに呼び込み上手とは、知らなかったよ」

「ふん、央介こそ、そんなに子供にもてるとはびっくりだ。女にはさっぱりもてねえのにな」

三人がみみずく屋を手伝うようになって、もうすぐひと月半が経つ。

あの日、実太郎のわめき声に驚いて、客間に平右衛門が顔を出した。イオにあてられた実太郎から、だらしなくもれる詫び言で、平右衛門は一切を悟り、すぐさまふたりの悪友の親たちとともに事の収拾にあたった。

国見屋と真柴屋が折半し、盗んだ金にたっぷりと色をつけ、息子たちを伴って湯島天神門前の手遊び屋に詫びを入れた。

しかしみみずく屋の老主人は、三人を許そうとはしなかった。

腰を痛めて寝ついたことで、いっそう気持ちがこじれてしまったのだろう。最初のうち、みみずく屋の主人は、三人を奉行所に突き出すと言って譲らなかった。

助け舟を出してくれたのは、意外なことに老夫婦の娘だった。

「三人とも、まだ子供じゃありませんか。お金も返ってきたことですし、勘弁してあげてはいかがです？」

「親が尻拭《しりぬぐ》いをして事なきを得る。その根性が、わしには我慢ならんのじゃ。親がよけいな手を加えれば、子供は鉢植えの花のようにひ弱に育つ。あんたたちはそうやって、倅を駄目にしとるんだぞ」

「仰《おつしや》ること、ごもっともでございます。何を返しようもございません」

万事休《ばんじきゅう》すと平右衛門が、悄然とうなだれる。実太郎の父、真柴屋も同様だった。

じっと畳に目を落としていた梅吉が、ついと顔を上げた。

「盗みに入ろうと言い出したのは、おれだ。爺さんに怒鳴られて頭にきちまって、風神一味のふりで意趣返しがしたかった。おれに脅されたら、こいつらも従うしかねえ。だから爺さん、奉行所に突き出すのは、おれひとりで勘弁してもらえねえか」

「それがしからも、お願い申し上げる」

梅吉の父親が、息子のとなりで手をついた。

「倅が頭分《かしらぶん》であったことは否《いな》めぬ上に、親たるわしは金さえ用立てできぬ。親子そろって、まことに不甲斐《ふがい》ないと承知しておる。どうか我ら親子の心ばかりの罪ほろぼしと思うて、息子の好きにさせてもらえまいか」

仕官もできず、貧乏を続けながらも武士を捨てられない。父親のやりきれなさを、梅吉は体現していたのかもしれない。

町人に向かって頭を下げる武士の姿は、心を打つものがあった。頑《かたく》なな老人の心にも、届いたに違いない。主人は頭を上げさせて、そして言った。

「あんたたちの詫びは受けとろう。ただし金は、親ではなく、そのろくでなしどもに返してもらう」

四十五日のあいだ、三人をみずく屋で働かせる。

奉行所へ訴えぬ代わりに、老主人はその条件を切り出した。

「にしても、商いってのは、思った以上に大変だよな」

「まったくだ。仕入れやら店賃《たなちん》やらをさっ引くと、びっくりするほど儲けは少ねえ」

央介は覚束《おぼつか》ない手つきで算盤を使い、傍《かたわ》らで実太郎が帳面を繰《く》る。

「まだ、足らないか？」

「お、あと二分《ぶ》ってところだ。明日までには届きそうだぞ」

央介がぱちりと珠《たま》をはじき、そうか、と実太郎も目を輝かせる。

「あの爺さん、たいしたもんだな。おれたちが盗んだ金高が、四十五日分の儲けにあたると、ちゃんとわかっていたんだな」

くらべて自分たちは、商いについて何もわかっていない。跡取り息子のふたりは、身をもって思い知った。

「ここでの禊《みそぎ》が終わったら、金輪際遊ぶ暇なぞない。生糸商いを一から叩き込むと、親父にも言われていてな」

「大変だな、サネも」

「まあ、ウメよりは、ましかもしれねえが」

と、すかさず奥から、年寄の大きな声がきこえてきた。

「梅吉！　梅吉はどこへ行った！　梅吉、早《はよ》う来んか！」

「うるせえな。おれの名を安売りするんじゃねえよ、このクソ爺い」

「まあたどこぞで、怠《なま》けておったか」

「怠けてねえよ、裏で薪割《まきわ》りしてたんだ！」

「さようか、それならよし。わしを厠《かわや》へ運べ」

「爺いの腰は、あらかた治ってんじゃねえか。いちいちおれを呼びつけるな」

「文句を言うな、さっさと背負わんか」

央介と実太郎は店を任されたが、梅吉には別の役目があてがわれた。腰を痛めた主人の、身のまわりの世話である。力のある梅吉は、年寄ひとりくらい難なく運べる。重宝《ちょうほう》されていたが、仲がいいのか悪いのか、ふたりは暇さえあればこの調子だ。

「ああ見えて、おじいさんは気に入っているんですよ。だってウメさんが来てから、めきめきと具合がよくなりましたからね」

店の隅で品を改めていた白髪頭の女房が、にっこりする。

その言葉は、本当だったようだ。後に老主人は、梅吉に仕事を世話してくれた。

今戸土人形の仕事場で、土をこねたり焼き物を運んだりする力仕事であった。

翌日、ひと月半の禊をすませた三人に、みみずく屋の主は言った。

「ひと月半、よう務めた。じゃが、これで終わりと思うなよ。この先ずっと、同じ日々が続くと思え。暮らしを立てるとは、そういうことじゃ」

鬱陶《うっとう》しいはずの説教は、思いのほか三人の胸に深く届いた。


「ほら、こうすると、ぴょんととぶだろう」

「うわあ、面白《おもしれ》えだ。おーすけ、おらにもやらせてくろ」

イオが大喜びで手を伸ばす。みみずく屋から土産にもち帰った、とんだりはねたりである。

不思議なことに、みみずく屋に通うようになってしばらくすると、イオの目は光らなくなった。いまではすっかり、並の子供と変わりない。

犯した罪は消えないが、みみずく屋一家が心に負った傷は、少しは癒えたのかもしれない。央介には、そう思えた。

「おーすけ、おらだと、あまりとばねえだ。おーすけがやってくろ」

「ようし、見てろよ。それっ！」

庭の池を背景に、ひときわ高く白兎がはねた。

第二話　狐火

「そういえば、あいつの姿が見えねえな」

昼餉《ひるげ》を終えた央介《おうすけ》は、その日思いついて客間へと行ってみた。

どこからか鶯《うぐいす》の声がする。梅はとうに見ごろを過ぎて、桜のつぼみがふくらみはじめた。爛漫《らんまん》の春を胸いっぱいに吸うように、廊下の真ん中で、うん、と伸びをする。

こんな上天気にもかかわらず、客間の襖《ふすま》はぴったりと閉じられていた。外から声をかけたが返事はなく、よくイオがながめている庭の池にも姿はない。

央介は、そっと襖をあけてみた。外の明るさに目が慣れず、座敷の内がひどく薄暗く見える。その真ん中に、腹這《はらば》いになったイオの姿があった。

「なんだ、いるじゃねえか。返事くらいしたらどうだい」

たん、と音を立てて襖をあけ放つ。さし込んだ光に、ふり返った子供は目を細めた。

「おーすけ、そこさ閉めてくれ。まぶしくてかなわね」

逃れるように、くっきりと影をこしらえた座敷の奥へと四つん這いの格好で這っていく。

「……お天道《てんと》さまが、苦手なのか?」

「んだ。まぶしくて、目が痛くなるだ」

央介はきょとんとしながら、ひとまず襖を閉めた。たしかに神さまは、暗い堂の内に安置されている。神の使いというなら、そういうこともあろうかと、子供の傍《かたわ》らに胡坐《あぐら》をかいた。

「何を熱心に読んでいるのかと思えば、黄表紙《きびようし》か」

「んだ。おら、字は読めねえけど、これは絵がたくさんあって飽きねえだ。おーすけ、これは何をしてるだ? 押しくら饅頭《まんじゆう》か?」

どれどれと中を覗《のぞ》き込み、ぎょっとする。見開きいっぱいに描かれているのは、絡み合う男女の姿だ。いわゆる春本《しゆんぽん》のたぐいで、子供に見せるべきものではないと、央介は急いでとりあげた。

「なあ、おーすけ、何の絵だ?」

「十年経ったら教えてやる。こんなもの、どっからもち出した」

「押入れの奥で、見つけただ」

「たぶん、じいさまのものだな。客間なんぞに仕舞い込んであったのか」

黄表紙と呼ばれる読本《よみほん》のたぐいは、祖父が好きで集めていたが、春本も混じっていたのだろう。何か代わりはないかと、央介は押入れの中をあさってみたが、黄表紙というのはおおむね、血や生首や化け物ばかりで刺激が強すぎる。子供が読むものではないとひとまず説くと、イオはしょんぼりと下を向いた。

「だども、他には何もすることがねえだ」

平右衛門《へいえもん》はたいそう気を遣っているが、国見屋《くにみや》の主として忙しい身だ。内儀《ないぎ》のお久《ひさ》も同様で、四六時中《しろくじちゅう》ついているわけにはいかない。

「遊び相手に、女中のひとりでもつけてやればいいのにな」

気がきかないと、央介は顔をしかめたが、イオは首を横にふった。

「旦那さもそう言ってくれたども、おらが断っただ」

「どうしてだ？　話し相手がいた方が、退屈しなかろう」

「おらといると、誰だって具合がわるい。引き止めるのは、かわいそうだでな」

思わず、はっとなった。イオには人の罪を映す、鏡の力がある。央介のように大きな罪を犯した者には、その目が金色に光って見えるが、たとえ罪人でなかろうと、誰もがイオの前ではひどく落ち着かないようすを見せる。

人である以上、罪なき者などいない。誰しも何がしかの後悔は背負っている。日頃は目を背《そむ》けている過去の過《あやま》ちを、わざわざ思い出すのは、誰にとっても辛いものだ。ついこのあいだ、大きな峠を越えたばかりの央介にもよくわかる。

「そうだ、イオ、外へ行こう」

「外？」

「おれが江戸を案内してやる。めずらしいものや面白いものを、たんと見せてやるぞ」

ただでさえ大きなイオの目が、さらに、ぐん、と広がった。薄茶の瞳が嬉しそうに輝き、けれどその光はすぐに翳《かげ》った。

「だども、おら、お天道さまがあるうちは表に出られねえだ」

曇っていれば大丈夫なのにと、残念そうに告げた。

「ああ、そうか……じゃあ、日が落ちてから出掛けてみねえか」

うわああい、とイオは両手を広げ、畳の上でとび上がった。

「暗くなってからイオさまを連れ出すなんて、危ない目に遭わせでもしたら」

案の定《じょう》、父の平右衛門は良い顔をしなかったが、

「こんなものを日がな一日ながめている方が、よほど危ねえよ」

央介がさし出した黄表紙にたちまち青くなり、仕方がないなと許しを与えた。

「イオさまに万が一のことがあっては一大事だ。誰か店の者をつけた方がよかろう」

平右衛門は言い張ったが、ぞろぞろとお供がいては、かえって気詰まりだ。イオには誰も近づきたがらないと説き、どうにかふたりで出掛けることを承知させた。

「そういえば、親父やおふくろはどうなんだ？」

イオを江戸に連れてきたのは平右衛門で、身のまわりの世話をしているのは母のお久だ。使用人たちのような、具合の悪さは感じないのだろうか。思い出し、たずねてみた。

「イオさまは、恐れ多くも睦月神《むつきがみ》さまの化身《けしん》であられる。冷や汗が出たり、胸がどくどく鳴るのもあたりまえだ」

どうやら平右衛門は、からだに起こる変調は、神への畏怖故《いふゆえ》だと信じ込んでいるようだ。一方のお久も、大事な息子を救ってもらったと、ひたすらありがたがっている。めでたい夫婦だと、央介は内心で苦笑した。

「もうひとつ、ききてえことがある。睦月神ってのは、どこの神さまなんだ？　いったいどういう経緯《いきさつ》で、親父はイオを連れてきたんだ？」

「睦月神はな、あたしの母、つまりはおまえの祖母の故郷《くに》に伝えられる神さまだ」

「ばあさまの……そうだったのか」

央介が生まれる前に他界しているから顔も知らないが、陸奥盛岡《むつもりおか》に近い、さる山里の庄屋の娘だという。

「近いと言っても盛岡の御城下から、さらに丸一日はかかる山奥だが、母の祖父にあたる人が、盛岡に酒問屋《どいや》を開いてな」

そのころに江戸の国見屋を通して、下酒《くだりざけ》を仕入れていたという。まだ若かった央介の祖父が、父の名代《みょうだい》で盛岡に出向いたことがあり、その折に祖母を見初《みそ》めて一緒になった。あいにくと盛岡の酒問屋はうまくまわらず、まもなく店をたたんだが、祖母の実家は昔と変わらず山間《やまあい》の村にあった。

「あたしが六つのころに、おばあさまは加減を悪くしてな。たいそう気が弱っていたのだろう、故郷《くに》に帰りたいとしきりともらすようになった」

祖父は妻の願いをきき入れて、幼い平右衛門とともに女房を郷里に帰してやった。その折に平右衛門は、不思議なものを見た。

「それが、睦月童《むつきわらし》さまだ」

平右衛門は、厳《おごそ》かに告げた。

幼い平右衛門に、睦月童の噂を伝えたのは、近所にいた同じ年頃の子供たちだった。

祖母の郷里は富士野庄《ふじのしょう》と称され、庄内に四つの山がある。太郎山は神のおわす神聖な場所であり、次郎山・三郎山・四郎山と呼ばれる三山のふもとに、それぞれ小さな村がある。央介の祖母の実家は、四郎山村の庄屋であった。

「となり村に、睦月童が降りてきたそうだ。一緒に見に行こうぜ」

連れていかれたのは、富士野庄ではもっとも物持ちと称される、三郎山村の庄屋の家だった。だが、肝心の睦月童は、奥の座敷に仕舞い込まれている。平右衛門はがっかりしたが、一緒にいた村の子供たちは、互いに顔を見合わせてうなずき合った。

家の前に居並んで、声を合わせて呼びかける。

「睦月の童、遊んでくれろ。わしらと一緒に、遊んでくれろ」

同じ節《ふし》を、三、四回もくり返したろうか。縁の障子戸《しょうじど》に隙間があいて、ひょりと女の子が顔を出した。年頃は、六歳だった平右衛門より、三つほど上に見えた。イオと同じに色白でやせていて、だが黒目がちな可愛い子供だった。

わっ、と子供たちが集まって、その子も嬉しそうににっこりした。ひとしきり鬼ごっこだの隠れんぼだのに興じ、木陰で休んでいる折に、子供たちが乞うた。

「睦月の童には、睦月神さまの加護があるのだろ？　おれたちにも分けてくれろ」

かまわね、とその子はうなずいた。

「その睦月童さまの力は、『先読み』でな」

父の話に、え、と央介が驚いた。

「睦月童ってのは、イオみたいな『鏡』だけでなく、いろいろな力があるのか？」

降りてくる童によって、力はさまざまだと平右衛門は告げた。

十二年に一度、太郎山から子供が降りてきて、一年のあいだふもとの村で世話になり、幸運をはこぶと伝えられる。

「次郎山・三郎山・四郎山、どの村に降りられるかは、睦月神さまがお決めになるが、お願いする折には作法があってな」

それぞれの村で相談がなされ、このような困り事があるから何とかしてほしいと、願いをひとつに決める。それを記した紙を、前年の十二月、満月の日に、太郎山の中腹にあるご神木のうろに納めるという。ただ、どんな願いでもよいというわけではない。

「頼み事は、家の悶着《もんちゃく》に限られるのだ」

「家の……？」

「人同士の揉め事といった方が、よいかもしれない。いかな睦月神さまでも、日照りや夏の寒さをふせぐことはできないからな」

天災のたぐいは、頼みの範疇《はんちゅう》に入らぬということか、と央介は了見《りょうけん》した。

「その家に幸いをもたらすことから、座敷童《ざしきわらし》とも称される。三枚の頼み事のうち、ひとつがえらばれて、それに見合った睦月童が遣わされるのだ」

睦月神には、お供えも賽銭《さいせん》も要らない。ただ、睦月の里を静かに保つことだけが望まれる。村人たちはよく承知していて、ご神木より奥には決して立ち入らないという。

ただ、人の世の理《ことわり》で、睦月童が招かれる家は、たいていが庄屋をはじめとする物持ちの家だ。平右衛門は、そこに目をつけた。

「おまえの身を案じるあまり、もう睦月神さまにおすがりするしかないと思った。今年が睦月童の降りられる年だと、わかってもいたからな」

忙しい最中《さなか》に母親の郷里へと走り、どうか己《おのれ》を頼み人にしてくれと、四郎山村の庄屋に頭を下げた。もちろん、庄屋へも村へもたっぷりと礼金をはずんだが、かつて睦月童が、京や江戸にも遣わされたとの言い伝えを母親からきいており、平右衛門はその望みにかけたのだ。

「頼みがきき届けられ、イオさまが降りていらっしゃったとき、どんなにありがたく思えたことか」と、声を詰まらせた。

申し訳ないと心の裡《うち》で詫びながらも、親が湿っぽいのはやりきれない。央介は、話の矛先《ほこさき》を変えた。

「親父が昔会った子供は、先読みができると言ったよな。行く末がわかるということか？」

涙を途中で収めた平右衛門は、そのとおりだとうなずいた。ひとりにつきひとつだけ、行く末を見通せると告げられた。大工になりたいが叶《かな》うだろうかとか、いずれ村を出て江戸でひと旗あげたいとか、子供たちはそれぞれの望みを口にした。

大工は無理で百姓として一生をまっとうするが、きれいな嫁御が傍にいるとか、江戸ではなく盛岡の城下に暮らすことになろうとか、睦月童はそのようにこたえてくれた。

「親父は、どんな行く末をたずねたんだ？」

「あたしかい？　母の病は、いつ治るだろうかと伺《うかが》った」

何と返ったのかと、央介は身を乗り出した。

「半年先、紅葉《もみじ》が降るころには病は落ち着いて、江戸に戻ることができると教えられた」

「当たったのか？」

「もちろんだ。そればかりか、次の年には妹を授《さず》かって、病のもとも払われると、そこまでご託宣《たくせん》いただいた」

祖母の病は、前の年に子を流したことからはじまった。からだと気持ちの両方が弱り、床《とこ》に就くようになったのだ。

平右衛門は喜び勇んで里に帰り、ありがたいご託宣を母に告げた。

「睦月童さまのお言葉どおり、おばあさまはその年の秋に床上げができてな、翌年には子を授かり、妹が生まれた」

睦月童の神通力は本物だった。だからこそ平右衛門は、雪深い陸奥の山奥へと、何のためらいもなく向かったのだった。


日暮れを告げる入相《いりあい》の鐘をきくと、央介はイオを連れて外に出た。

残照はかすかに残っていたが、これなら平気だとイオは嬉しそうに従った。

「お出掛けですか」

店の前で、ちょうど得意先から戻ってきた、手代の昇吉《しょうきち》と行き合った。

「おーすけに、町を案内してもらうだ」

「それはよろしゅうございますね。お気をつけて、いってらっしゃいまし」

イオに向かって、和《なご》やかな笑みを向ける。央介と同じに、イオの目にとり乱した話はきいていたが、いまの昇吉にはそんな影など欠片《かけら》も見えない。国見屋の中で、この不思議な子供と正面から向き合えるのは、央介を除けばこの昇吉だけだった。

「因果というか、皮肉というか……」

呟《つぶや》きながら昇吉の背中をながめていると、くいくいと袖が引かれた。

「おーすけ、早く早く」

「そうだな、出掛けるか。さて、どこへ行くか……」

「あっち」と、イオが指をさす。

「あっちか……おれには鬼門《きもん》なんだがな」

つい、ぼやきがもれたが、央介はイオの示す大川へと向かった。

「おーすけ、すげえだ！　向こう一面がみんな池だ、見てみろ、おーすけ！」

イオが橋の欄干《らんかん》にしがみつく。大川の河口に架かる永代橋《えいたいばし》からは、海が一望できた。通りすがりの者から笑われたが、こんなに喜んでくれるなら来た甲斐もある。

「池じゃなくて、海だ。おまえ、海は初めてか？」

「んだ、初めてだ……そうか、これが海か」

江戸に着くまでの道中で、いっぺんくらい目にしなかったのかとたずねると、

「ずっと駕籠《かご》さ乗せられて、外はあまり見てねえだ」と、こたえた。

急いでいた上に、イオのために日差しを避ける必要もあったのだろう。父の平右衛門は、盛岡から江戸まで駕籠を乗り継いできた。

永代橋の向こうは深川《ふかがわ》で、ついこのあいだまで悪仲間のふたりと毎日のように通った色街は、本所《ほんじょ》との境、竪川《たてかわ》沿いにある。

橋を渡ると央介は、本所とは逆に南へ折れた。まもなく富岡八幡宮《とみおかはちまんぐう》の参道へ出る。富岡八幡宮は、深川一繁華な場所だ。きっと子供の目を引くものも多かろう。

央介の目論見《もくろみ》どおり、イオはめずらしそうに大きな目をきょろきょろさせて、両脇の露店にならぶ品々に興味を示した。

「欲しいもんがあれば、何でも言えよ」

イオさまのためにだけ使うようにと釘をさされ、父親から小遣いも預かってい た。

「風車はどうだ？ 女の子なら鞠《まり》がいいか？ カルタなんぞも面白いが……そうか、字が読めねえんだったな」

あちこちの店を熱心に見分しながらも、イオは何も買おうとはしなかった。見るだけで十分満足だというように、味噌っ歯を見せてにこにこする。黄表紙よりはましだろうと、央介は彩色の美しいすごろくを買った。

「イオ、団子食うか？」

「うん！」と勢いよく同意され、央介が店を探す。

すでに日は翳り、参詣客も途切れる時分だが、未《いま》だに人通りは絶えない。この辺りもまた色街がことさら多く、ちょっと裏通りへ足を踏み入れれば、その手の宿が軒《のき》をならべている。そのような客をあてこんでの商売か、よしず張りに提灯《ちょうちん》をいくつも下げた茶店を見つけ、央介は団子と茶を注文した。

「どうだ、旨いか？」

「うめ」

頬っぺたをリスのようにふくらませ、イオがうなずく。

串に刺さった団子を、己もぱくりとやったとき、野太い声がかけられた。

「央介ではないか、久しぶりだな。このところとんと見ないと思ったが、妙なところで会うものだな」

驚いた拍子に団子が詰まり、胸をたたきながら茶を飲み干して、どうにかひと息つく。

「ご無沙汰してやす、鯨《いさな》の親分」

縁台から立ち上がったが、それでも相手の顔ははるか上にある。

若いころは相撲の力士だったというひときわ立派な体格から、鯨と呼ばれる男だった。

本所吉田《よしだ》町界隈《ちようかいわい》を根城にする、有体《ありてい》にいえばやくざ者だが、からだに似合いの大らかな気性で面倒見もいい。土地の者からは慕われて、頼りにもされていた。

「ほお、今日はまた可愛い子を連れとるな」と、央介のとなりに目を向ける。

山のように大きな姿を、イオはただびっくり顔で見上げていた。

「イオ、こちらは鯨の勇五郎《ゆうごろう》親分だ」

「イサナ？　って何だ？」

鯨《くじら》のことだとこたえたが、イオは首をかしげる。

「何だ、鯨を知らんのか」

「こいつ、山育ちなものですから」央介が口を添える。

「クジラというのはな、海に棲《す》む山のように大きな魚でな」

口調もやくざのべらんめえとはほど遠く、やはり力士のようにもったりしている。

「おいちゃんと、どっちが大きいだ？」

「もちろん鯨だ。この街ごと呑み込んでしまうほど、真っ黒い大きな魚だぞ」

「海には、そんなでっかい魚がおるだか」

ひたすら感心するイオを、勇五郎が笑顔で見下ろす。

「おまえの妹ではないのか？」

「しばらくうちで、預かっている子供でして」

「そうかそうか。どうれ、挨拶させてもらおうか」

太い両腕を伸ばし、軽々とイオをもち上げる。勇五郎の頭より高くもち上げられて、イオが歓声をあげる。

「すげえ、すげえ、うんと遠くまで見えるだ！　まるで鳥になったみてえだ！」

イオは大喜びだが、歳をきくと、勇五郎は少しばかり心配そうに顔をしかめた。

「十歳でこれでは、あまりに小さすぎよう」

腕を下げ、目と目を合わせるようにして、イオの顔を覗き込む。

「飯はちゃんと食っておるか？　たんと食わねば大きくならないぞ」

「おいちゃみてえにでかくなっては、睦月の里に入りきらねえだ」

イオの言い草に、勇五郎はがははと笑う。央介は、ふいに気がついた。

「あのう、親分……気分が悪いとか寒気がするとか、そういうことはありやせんかい？」

「いや、わしは風邪すら滅多にひかんからな」

「そうじゃなく……イオの目を見ても、何ともねえですかい」

「目、だと？　この子の目が、どうしたというのだ」

勇五郎が、改めてイオの目をまじまじと見詰め、首をひねる。

ちょうどそのとき、通りがかりの女が声をかけてきた。

「おこんばんは、鯨の親分さん」

「おう、これから商売か。まだ夜は冷えるからな、からだを厭《いと》うてやれよ」

闇に溶け込むような黒の着物に、茣蓙《ござ》を抱え、頭には手ぬぐいをかけている。本所から来た夜鷹《よたか》だと、ひと目でわかる。頭の手ぬぐいは本所の夜鷹の目印で、中でも横川の西にならぶ吉田町はその根城として有名だった。

そして夜鷹たちの元締めをしているのが、鯨の勇五郎である。

茣蓙や着物はもちろん、雨夜に必要な傘から履物にいたるまで、夜鷹はすべて元締めから借りなければならない。その損料が、勇五郎の稼ぎとなった。吉田町の夜鷹は、三百人とも五百人とも言われる。わずかな損料でも、それだけ集まればたいそうなあがりになろう。吉田町で仕度をすませた夜鷹は、本所深川はもちろん、大川を渡って浅草・上野、ときには四ツ谷にまで足をのばして客をとる。

「そのう、妙なことをきくようですが」

「何だ？」

「夜鷹は、御上《おかみ》の御法に触れる。そのあたりに、後ろ暗さはねえんですかい？」

御上が認めている遊郭《ゆうかく》は吉原《よしわら》だけだ。夜鷹も勇五郎も、いわば御法を犯している。その罪の意識はないのだろうかと、央介は精一杯遠回しにきいてみた。

「たしかに御上の法には背いているが、おれはおれの法に従っている。後ろめたいことは何もない」

勇五郎の信条は、すっきりと明快だった。

「阿漕《あこぎ》な奴が頭《かしら》になれば、夜鷹たちが難儀する。女たちには、少しでも稼がせてやりたいからな」

色を売る商売は、からだがきつい。もっとも安くあがる夜鷹は、それだけ数を稼がねばならない。客をひとりとって、たった五十文《もん》。そこから損料を払うのだから、ひと晩に十人は相手をせねばまともな稼ぎは望めない。

「女たちは、これより他に生計《たつき》の道がない。やめれば明日から食うに困る。まさにからだを張って、誰もが必死で生きている」

勇五郎の話に、央介は竪川沿いの色街を思い出した。初めて知った女というものに、ただ夢中になっていたが、正直、相手の情など思いやったことなど一度もない。あの女たちもやはり、似たような境遇なのだろうかと、央介はいまさらながらに思い至った。

一方の勇五郎も、女たちの世話や用心棒を務める牛太郎《ぎゅうたろう》を、何十人も抱えている。損料をただにするわけにはいかないが、それでも鯨は、決して阿漕な元締めではない。損料も他所《よそ》よりはよほど安く、その人柄も慕われて、他から流れてくる夜鷹は多いのだった。

「そういや親分は、どうして富岡八幡に？」

暮れ方のいまごろは、夜鷹商売のはじめどきで、もっとも忙しい時分だ。いつもなら勇五郎は、吉田町に詰めているはずだった。

「いや実は、このところ奇っ怪なものが出るようになってな」

　イオを下ろした勇五郎が、困り顔になった。

「奇っ怪って……まさか幽霊のたぐいじゃねえでしょうね」

　出るには少々時期が早すぎると、軽口をたたく央介に、そのまさかだと勇五郎は大きなからだを乗り出した。

「女たちが稼ぎ場所としておる川岸に、狐火《きつねび》が出るとの噂が立ってな」

「狐火ってえと……人魂《ひとだま》ってことですかい？」

「そうだ。青白い炎でな、三つほどゆらありとただよっていると……」

「脅かしっこなしだぜ、親分」

「冗談ならよいのだが、正月からこっち、三べんも続くとな」

　小名木川《おなぎがわ》沿いに二度、この富岡八幡の裏手にも一度、出たという。

　女たちはもちろん、客に怖がられては商売もあがったりだ。できれば何とかして正体を確かめたいと、子分ともども深川界隈を夜回りしていると勇五郎は語った。

「正体って……その狐火は、誰かの悪戯《いたずら》ってことですかい？」

「まあ、そうであってほしいと思ってな」と、もっともらしい真顔でうなずいた。

「わしへの嫌がらせと考えれば、合点《がてん》もいく」

　鯨の勇五郎への嫌がらせにしては、ちんけにも思えるが、この先も続けば面倒なことになる。勇五郎が何より危惧《きぐ》しているのは、御上の介入だ。揚げ足をとり、夜鷹がいっせいに取締りに遭う恐れもある。早いうちに、文字通り火種を断たねばならないと、勇五郎の鼻息は荒い。

「よかったら、おれにも手伝わせてくだせえ。親分には何かと世話になったし、張り番の人手は多い方がいいですからね」

「おらも！　おらも見張りに立つだ！」イオが勇んで申し出た。

「イオは駄目だ。夜鷹の張り番なんて、親父に知れたら目えまわしちまう」

「おらの方が、おーすけより夜目がきくだ。夜の鷹も見分けられるし、狐火も拝みてえ」

「おめえ……夜鷹を鳥だと思ってたのか」

央介が呆《あき》れ、勇五郎が、がっはっは、と笑う。

待てよ、と央介が考え込んだ。

「親分、やっぱりこの子も連れていってもいいですかい？　イオには妙な力があって、うちの親父は座敷童だと言ってますが」

「座敷童なら、知っているぞ。わしは陸奥青森の生まれだからな」

信じろという方が無理な話だが、意外にも勇五郎はまじめに受けとった。盛岡に近い青森には、やはり座敷童の伝説があるという。

「しかし、本当にいたとはな」と、しげしげとイオを見つめる。

央介がイオの異能について語っても、やはりふんふんと熱心に耳を傾けた。

「つまりはこの子がいれば、狐火の正体がわかるやもしれんということか」

もしも勇五郎の見当どおり、狐火が誰かの仕業なら、夜回りの途中ですれ違うこともあるかもしれない。悪戯とはいえ後ろめたさはあろう。イオと目を合わせれば、何がしかの手応えは期待できる。

「しかしなあ、こんな小《ち》っこい子に、夜鷹商売を見せるわけにもなあ」

「もちろん見せたりしねえし、両の耳もおれが塞《ふさ》いでおきまさ」

イオが不思議そうにふたりを仰ぎ、勇五郎が苦笑いを返す。

「あの、親分さん」

細い声がかかった。勇五郎の背に隠れるようにして、女がひとり立っていた。やはり夜鷹の格好だが、さっきとは別の女だ。

「おう、おふでさんか。わざわざ呼び立てて、すまなかったな」

「あたしに話があるそうですが……ひょっとして、狐火のことですか？」

勇五郎が、太い首をうなずかせた。

「おまえさんが、三べんとも見たときいてな。話をきかせてくれないか」

三十前後だろうか。声と、手ぬぐいから覗く顔から、央介はそう判じた。

「いえ……実はあたしは、一度も見ちゃいないんです」

「そうなのか？　話が違うな」

「たしかに三べんとも、あたしが商売していた目と鼻の先で起きました。ですが、狐火を見たのは他の子たちで、あたしは目にしてないんです」

なるほどと、勇五郎はうなずいた。おふでが、いかにも恐ろしげに身を震わせる。

「小名木川で、二度続けて怖い思いをして、だからこの八幡裏に河岸《かし》を変えたのに、また同じ目に遭うなんて……まるで狐火が、あたしを追いかけているようで」

「そいつは、考えすぎだろう」

たまたまだと慰めながら、勇五郎の目が、それまでと違う光を帯びた。

「もしや、何か良くないものに憑《つ》かれているんですかね……因果な商売をはじめたために、罰《ばち》が当たったんでしょうか」

「そう気を落とすな、おふでさん。あんたは寝ついた亭主とふたりの子供のために、稼ぎに出ているのだろう？　わしらはちゃんと、わかっているさ。罰など当たるはずがない」

「親分さん……」

ありがたそうに、手を合わせた。

「亭主の具合はどうだ？」

「それが、あまりよくなくて……」と、おふでは辛そうにうつむいた。

「三度続けて狐火に邪魔されたなら、実入りもめっきり落ちたろう。暮らしは大丈夫か？」

「はい、どうにか……親切なご近所から、米やら炭やらいただいて」

そうか、と勇五郎はうなずいて、困ったことがあったらいつでも相談しろと言い添えた。

「あの、さっそくで面目《めんぼく》ないのですが、ひとつだけ……今夜はどこかの組に、入れてもらいたいのですが」

「ああ、はなからそのつもりでいるから心配するな」

ありがとう存じます、と手ぬぐいをかぶった頭が深々とおじぎする。

何人かの女に牛太郎がつき添って、引いた客にひとりをえらばせる。組とはそのことで、夜鷹商売には時々見かけるやり方だった。狐火に怯《おび》える女たちのために、勇五郎は組で動くよう計らってあるようだ。牛太郎らしき男を呼ぶと、おふでの他に三人の女をつけて送り出した。

「央介、さっきの話だが、ひとつあの組の張り番に立ってくれないか」

「もちろんお引き受けしますが……何かあてでもあるんですかい？」

おふでを疑っているのかと、言外に匂わせたが、勇五郎は首を横にふった。

「おふではあのとおり健気《けなげ》な女でな。半年前に亭主が倒れてから、昼間は飯屋で働いているのだが、薬代が嵩《かさ》むのだろう。親子四人の口を賄《まかな》えず、去年の暮れからこの商いをはじめた」

愚痴をこぼすこともなく、ひたすら亭主の快復と、子供の幸せだけを祈っていると、しんみりとした調子で語った。

「ただ、三度というのは、どうもひっかかる」

夜鷹が立つ場所は、だいたい決まっている。小名木川沿いでの二度はともかく、場所を移った先でも同じ目に遭えば、まるで狐火が追ってくるようだとのおふでの言い分もうなずける。

「まあ、たまたまと言ってしまえば、それまでだが」

「いえ、親分の存念はよくわかりました。おふでさんたちは、おれたちが見張ります」

「すまんな。わしが行きたいところだが、あちこち差配せねばならなくてな」

勇五郎に頭を下げて、央介は踵《きびす》を返した。

「なあ、おーすけ、どうして耳をふさがねばならねえだ？」

「十年経ったら、教えてやるよ」

ぞんざいにこたえて、おふでたちの背中を追った。

親分から言いつかったと牛太郎に告げて、央介はイオとともに、ひとまず堀端《ほりばた》にある大きな柳の陰に身をひそめた。

この堀端に着くまでも、ぬかりなく周囲を見回したが、これといって怪しい影はなく、すれ違った者の中にも、イオに怯えた者はいなかった。

やがて牛太郎が、客をひとり連れてきた。職人のようだが、大名屋敷に仕える田舎出の奉公人なぞにくらべれば、江戸っ子は銭をはずむときいている。職人がえらんだのは、おふでとは別の女だった。

少し離れた土手下に、男女が絡み合いながら下りていき、姿が見えなくなった。いよいよイオの両の耳に、指をつっ込もうかと央介が身構えて、そのときだった。切り裂くような悲鳴が、土手下からあがった。声は女のものだが、まもなくころがるように客の男がとび出してきた。

「ききき、狐火が！　狐火が出やがった！」

すぐに髪をふり乱しながら女も這い上がってきて、同じように訴える。立ちん坊でいた三人の女が互いに抱き合い、あらかじめ勇五郎から言い含められていたのだろう。牛太郎が猛然と土手を駆け下りた。もちろん央介も、イオを残して後に続く。だが、堀はすでに真っ暗闇で、風に鳴る柳の音だけが妙に不気味に届く。

「ちきしょう、また逃げられちまったか」

勇五郎に顔向けできないと、牛太郎がしょげ返る。

「まだ、遠くへは行っていないはずだ。お仲間に知らせて探してみては？」

そうだな、と牛太郎も同意する。客に詫びを入れ、深川八幡の方角に走り去った。

「おれたちは、どうするか……イオ、待たせてすまなかったな」

さっきまでいた柳の陰を覗き込み、ぎょっとなった。イオの姿は、影も形もない。慌てて名を呼んでみたがこたえはなく、近くにいた女たちも見ていないという。

「江戸にはてんで不慣れなはずだ。ひとりでうろついて迷子になったりしたら……」

「もしかしたら……狐火にさらわれて、神隠しに遭ったんじゃないのかい？」

夜鷹のひとりに告げられて、さらに血の気が引いた。

「神の使いが神隠しに遭ってどうすんだ。親父になんて言い訳すりゃあ……いや、それよりも、危ない目に遭わされていたら……いくら神でもあんな子供じゃ……」

心配が頭のてっぺんから噴き上がりそうになったとき、見当違いの方向から、ふたたび悲鳴がきこえた。今度は女ではなく、男のものだ。

急いで暗い堀に目を凝らす。枯草を踏み散らす音がきこえたが、ここからはかなり下手《しもて》になる上に、どうやら対岸のようだ。矢も楯もたまらず、夢中で叫んだ。

「イオ！　どこにいる！　こたえろ、イオ！」

一拍おいて、「おーすけ！」と声が返った。安堵《あんど》のあまり、へたり込みそうになる。

「おーすけ、来てくろ。見せてえものがあるだ」

姿は見えないが、やはり対岸から声がする。狭い堀だが、とび越えられる幅ではない。橋までは遠く、央介は堀沿いをぐるりとまわって、イオのもとに辿《たど》り着いた。

「イオ、よかった！　無事だったか！」

小さなからだを抱きしめて、だが、すぐに異変に気づいた。

「おめえ、ずぶ濡れじゃねえか」

「ここまで泳いだから、あたりめえだ」

イオはすましているが、央介は慌てて己の羽織でやせたからだをくるみ、手ぬぐいでごしごしと髪を拭いてやった。

「まったく、夜はまだ冷え込むってのに、風邪でも引いたらどうすんだ。仮にも神の使いってんなら、水の上くれえ歩けねえのか」

「アメンボじゃねえだから、無茶言うな」

くふふと笑い、そして足許を示した。

「そんなことよりおーすけ、これを見てくろ」

灯りがないから、手さぐりで拾い上げた。最初はただの木の枝かと思えたが、曲がりはなく表面はなめらかだ。二尺ほどの長さで、集めると五本あった。その中の一本の先に、妙なものがついている。

「変なにおいだ」と、イオが嫌そうに顔をそむける。

「そうか！　こいつが狐火の正体か」

種を明かせば、どうということはない。

央介は証拠の品を手に、イオと一緒に駆け出した。

「ほれ、もっと火鉢《ひばち》の傍に寄れ。堀を泳いで渡るとは、無茶な座敷童もおったものだ」

央介と同じ説教を垂れながら、鯨の勇五郎はしきりにイオを気遣う。イオは濡れた着物を脱がされて、勇五郎の大きな綿入《わたい》れにすっぽりとくるまれた。

富岡八幡宮へ戻ると、まずはイオを暖めるのが先だと、勇五郎は近くにある馴染みの料理屋に部屋をとってくれた。

「それにしても、まさに幽霊の正体見たり枯尾花《かれおばな》だな」

イオが見つけた五本の枝は、黒く塗られた釣竿《つりざお》だった。短い竿を何本か継ぎ足して、長竿として使うもので、いちばん先に三筋の針金がついている。三本の針金にはそれぞれ、真っ黒に焼け焦《こ》げたかたまりが付着していた。子供の拳《こぶし》ほどの大きさで、勇五郎がためしに竿を繋いでみると、炭団《たどん》のような燃えかすは針金の先でゆらゆらと揺れた。

「こいつは芝居の小道具だな。笛と太鼓でヒュードロドロとやりながら、舞台袖からさし出すと人魂に見えるあれだ」

芯を詰めた綿に焼酎《しょうちゅう》をかけて燃やすと、青い火が燃える。真っ暗な堀端だ。対岸からさしかければ、舞台以上に本物の狐火に見えよう。

「親分に悪さをしそうな者の中に、芝居小屋に出入りしている者はおりますかい？」

「まあ、こんな生業《なりわい》をしているからな、連中ともそれなりにつきあいはある。だが、ぴんとくる者はおらんな」

「それならやはり、関わりがあるのはおふでさんかもしれません。こいつがもうひとつ、手がかりをくれましてね」

大きな蓑虫《みのむし》になっているイオを、ふり返る。

「おそらくそれを落としてった野郎も、イオの目が金色に見えたんでしょう。釣竿を放って逃げ出した」

二度目にきいた悲鳴は、そのときのものだ。そして男は去り際に、ひと言呟いた。

「へいさん、堪忍《かんにん》してくれって」と、イオが告げた。

「へいさん？　人の名か？」

おそらく、と央介が応じる。

「ためしに四人の女衆にきいてみたんだ。へいさんという名に、心当たりはないかとね」

「おふでには、あったということか？」

「おふでさんのご亭主は、平助《へいすけ》というそうです。たずねてみると、芝居の小道具方が同じ長屋にいるというから、間違いはねえと思います」

「なるほど、後でここに寄るようおふでに言ったのは、そういうわけか」

夜鷹の格好のままでは、家に帰ることもできない。一緒にいた四人の女たちは、着替えのためにひとまず本所吉田町に帰したが、おふでにだけはここに戻るよう頼んであった。

「ただ、ひとつだけ、わからねえことがありましてね」

悪戯を仕掛けた相手はおふでなのに、どうして亭主に詫びを入れるのか。どうにもちぐはぐに思えると、央介は語った。ふうむ、としばし勇五郎は考え込んで、ひとつのこたえに辿り着いたようだ。そんな表情を浮かべたが、口には出さなかった。

「わしの憶測に過ぎんしな、おふでの長屋で確かめた方がよかろう」

やがて吉田町から戻ったおふでとともに、三人はその住まいへと足を向けた。

「あの、本当に栄八《えいはち》さんが、あんな悪さをしたんでしょうか？」

勇五郎の背中に隠れるように従いながら、おふでがたずねた。

「まだ、わかりやせん」

おふでとならんだ央介には、それしか言えない。夜鷹の衣装を脱いだおふでは、あたりまえの町屋の女房にしか見えない。三十前後という歳の見当は当たっていたが、手ぬぐいをとると、思いのほか顔立ちは整《ととの》っていた。

「あの……さっき申しましたとおり、夜の商いのことは亭主は何も知りません。居酒屋で酌をしていると、その方便で……」

「心配はいらんよ、おふでさん。わしらは長屋に踏み込むような真似はせんからな。その栄八とやらを、長屋の外に連れ出してくれるだけでいい」

首だけふり向いて、勇五郎が告げた。安堵したように、おふでが息をつく。

勇五郎の頭の方から、イオの声がした。

「こっからだと星がつかめそうだ。おいちゃの腕なら、届くかもしれねえ」

「そうだな。ひとつ、試してみるか」

勇五郎の左肩に座らされ、イオは上機嫌だ。乾いた着物の上から、鯨の子分がどこからか調達してきた半纏《はんてん》を羽織《はお》っているから、こんもりとして梟《ふくろう》のように見える。

はしゃぐイオをながめ、おふでが目を細めた。

「かわいいお嬢ちゃんですね。おいくつですか？」

「歳より幼く見えますが、十歳です」

「そうでしたか。うちの子と同じくらいかと」

おふでには、七歳と四歳の子供がいるという。

「栄八さんには、子供たちもなついていて……半年前にうちの人が寝ついてからは、いっそう親身になってくれました。このところあたしが稼げませんでしたから、栄八さんから米や炭を分けてもらって、どうにか凌《しの》ぐことができたんです」

「ひょっとして、親切なご近所というのは……」

「はい、栄八さんのことです。もともと栄八さんは、うちの人とは同郷で、その縁で四年前に同じ長屋に越してきたんです」

「じゃあ、栄八って人は、ご亭主のお見知りだったんですかい」

「はい。とても気のいい人で……だから狐火であたしに嫌がらせをしたなんて、どうしても信じられなくて……」

「嫌がらせでは、ないかもしれん」

大きな背中だけで、勇五郎が言った。

「あんたを困らせるというより、別の目論見《もくろみ》があったのかもしれないぞ」

四人は両国橋《りょうごくばし》を越え、すぐに北に折れて柳橋を渡った。おふでの長屋は、柳橋からほど近い茅町《かやちょう》にあった。

はばかるようにひっそりと、おふでの姿は木戸の内に消え、ほどなくして小柄な男の影が、長屋の外に出てきた。

「同じ芝居小屋の者が訪ねてきたときいたのに、あんたたち、いったい何なんだ」

勇五郎の巨体にびくつきながらも、栄八が文句をつける。

おふでの長屋は神田川《かんだがわ》に面していて、勇五郎は有無を言わさず栄八を川岸まで連れてきた。

栄八が、長屋に戻っていたのは幸いだった。また金色の目に怯えられては厄介だから、イオは梟の姿のまま傍の繁みに隠れている。

「こいつを、返そうと思ってな」

勇五郎は、五本の黒い枝に戻した竿を、栄八の足許に放った。一切が呑み込めたのだろう、何かが外れたように、栄八はへたりと地面に膝をついた。央介は、その正面にしゃがみ込んだ。

「どうして、こんな真似をした？　おふでさんに、何の恨みがあったんだ」

「おふでさんに恨みなんて、とんでもねえ！　おれは、ただ……」

言葉は続かず、うつむいて唇を噛みしめた。沈黙に水をさしたのは、勇五郎だった。

「おまえさん、おふでさんに懸想《けそう》していたのじゃないか？」

びくん、と栄八の肩があからさまにはねた。

「惚れた女がからだを売ることに、我慢ができなかった。そうではないのか？」

両の膝を握りしめた栄八から、低いすすり泣きがもれた。こくこくと、首を縦にふる。

「そういうことか」と、央介は大きく息をついた。

亭主の病のために、金に詰まっていたことは承知していた。昼間だけでは足りず、夜も仕事をはじめたときくと、真っ先にそれを疑った。出掛けるおふでをひそかにつけて、夜鷹に身をやつした姿を見たとき、どうにも堪《こら》えることができなくなったと、栄八は泣きながら語った。

「どうしてよりによって夜鷹なんぞに……同じ身を売るなら、他のやりようもあるだろう。何だっていちばん低い夜鷹に身を落とすのか、おれにはどうしてもわからねえ」

元締めの前だが、央介もついうなずきそうになった。ひとりわずか五十文。同じ客をとるなら、料理屋の仲居や茶汲み女なぞ、ましな商売は他にもあろう。

「夜鷹には、いい面もそれなりにあってな」

ふたりにこたえるように、勇五郎が語った。

「まず、誰の目にもとまらない。おれたち世話人は住む世界が違うし、決して口を割ることはないからな」

どこかの店に厄介になれば、店の者たちにも知れようし、何より客に顔を知られるのが、おふでにはいちばん怖かったのかもしれない。衣装を替え、暗がりで事をすます夜鷹なら、その心配はまずない。

「もうひとつ、利があってな。やめたいと思えば、いつでもやめられる。おふでにとっては、何より大事であろうて」

あ、と思わず央介が、口をあいた。どんな商売にもしがらみはつきものだ。けれど夜鷹にはそれがない。借り物の損料はその日のうちに払うから、次の日から女が来ずとも勇五郎はまったく困らない。元締めと夜鷹のあいだには何の契約もなく、女がその日の商いを終えれば、一切の貸し借りはなくなる。

春をひさぐ女の中で、もっとも自由なのは、夜鷹なのだった。

「おふでさんは、だから夜鷹を……」

ぼんやりと仰ぐ栄八に、おそらくな、と勇五郎はこたえた。

「おふでさんの亭主に許しを乞うたのは、そのためかい？」

央介の問いに、え、と栄八がふり向いた。

「『へいさん、堪忍してくれ』って、あんた言ったろう。他人《ひと》の女房に懸想して、それをすまないと思ってたのか？」

「……おれが、そんなことを？」

よほど動顛《どうてん》していたのだろう、栄八は覚えていなかったが、金色の目の子供の話をすると、その顔に明らかな動揺が広がった。

「狐火はいわば、おふでさんを守りたいがためだろう？　なのにあんたは、亭主に向かって詫びを口にした。そんなにもおふでさんの亭主に、すまないと思ってたのか？」

「そそそ、そうだ……あたりまえだろう、平助は同郷の馴染みだからな」

違う、と央介は直感した。この怯えようは、尋常ではない。

「おれも同じ穴のむじなだ。あんたを責めるつもりはねえ。だが、このまま抱え込んでいると、きっといつかあんた自身が潰れる。金色の目の向こうに、あんたは何を見たんだ？」

鈍い叫び声とともに栄八は、両手で頭を抱え、地面にうずくまった。

「ゆる、許してくれ、平さん……おまえさえいなければ、おふでさんはおれのものになるかもしれねえと……」

「あんた、まさかおふでさんのご亭主に何か……」

「違う！　おれはただ、願っただけだ……頼むから死んでくれと、どっかへ行ってくれと、神仏の前に立つたびにそう唱えて……」

そのとおりに平助はまもなく床に就き、だが、それを境に惚れた女はやつれていった。一切の責めが己にあるように、栄八には思われたのだ。

「おふでの亭主の病は、おまえのせいではあるまい。そう気に病むことはない」

勇五郎は慰めたが、栄八の罪は、半年前ではなくいまにあった。

「平さんが病に倒れてからも、やっぱり悪心は消えなかった……おふでさんに、あんな辛い思いをさせながら、平さんが日一日と衰えていくのを、どこかで喜んでいた」

　恋慕とは、厄介なものだ。当人には御《ぎょ》しようがなく、必ずしも惚れた相手の幸せに繋がるとは限らない。

　央介と鯨が、同じ顔を見合わせたとき、長屋の内が急に騒がしくなった。ようすを見てこようと央介が立ち上がったときにはすでに、梟に似た影が、びっくりするような速さで長屋に向かっていた。

「またかよ。いっつもいっつも先走りやがって！」

「どうやら、耳や勘が人一倍鋭いようだな」

　狐火が出た折に、堀を泳いでまっすぐに対岸の栄八を目指したのも、そのためだろう。央介はひとまず後を追ったが、木戸へ辿り着いたときにはすでに、梟姿のイオが中からとび出してきた。

「本当か！」

　イオから話をきいて、央介は茫然と木戸の内をながめた。

　棟割《むねわり》長屋のひと部屋から灯りがもれて、近所の者たちがその外に集まっている。長屋の内から響く、悲鳴のような泣き声は、おふでのものだった。

「おふでさんの亭主が、亡くなった」

　川岸へ戻り、央介が静かに告げた。

「平さんが……死んだ……」

地面に座り込んだまま、栄八はぼんやりと長屋の方を仰ぎ見た。おふでや子供の泣き声が、ここまで響いてくる。

栄八の大願は成就した。だがその顔は、幸せとはよほど縁遠く見えた。

「あいつも、かわいそうな男だな」

日本橋へ戻りしな、つい口に出していた。

これから先、狐火が出ることはない。それさえ確かめられればいいと、勇五郎は本所へ帰っていき、央介もイオを連れて日本橋への道を辿った。

「かわいそうって、さっきのおいちゃか？」

そうだ、とイオにこたえる。

「願うだけなら罪などないはずなのに……願いが叶ったことで、いっそう大きな闇を抱えちまった」

そういうこともあるものかと、人の世の皮肉にため息が出た。

人の心に、縄はかけられない。だからこそ救われない。

「おら、よくわからね」

「十年経ったら、教えてやるよ」

繋いだ手を大きくふったが、道の先に目をやって央介は仰天した。

「おいおい、町木戸が閉まってるじゃねえか。いったい、いま何刻《なんどき》だ？」

狐火の騒ぎと、茶飯事だった夜歩きのために、遅い刻限であることに気づかなかった。

央介だけならまだしも、今日はイオを連れている。

「うわ、間違いなく親父から大目玉だ。イオ、走るぞ」

うん、と声がしたかと思うと、央介の手を放し、あっという間に遠ざかる。

「おれを置いていくなと、言っただろうが！」

央介は声を張り、梟に似た後ろ姿を追いかけた。

第三話　さきよみ

頭の上をツバメが行き過ぎ、低い空を東へ向かう。

イオはうらやましそうに、その姿をいつまでも追っている。

江戸は初夏にかかる頃合で、緑が勢いを増すたびに、人も町も活気づく。

「里が、懐かしいか？」

央介《おうすけ》は、つい声をかけた。

「そうでもね」

と、イオはこたえたが、江戸に来てすでに三月《みつき》経つ。十歳の子供に里心がおきても、おかしくはない。

「無理しなくてもいいぞ。おまえくらいの歳なら、ふた親が恋しくなってあたりまえだ」

「おら、おとうもおかあもいね」

「……そうなのか。よけいなことを言っちまったな」

すまなそうに詫《わ》びたが、ふり向いた大きな目には何の屈託《くったく》も浮かんではいなかった。

「睦月《むつき》の里の者は、皆親なぞいねえ。おらたちは皆、睦月神《むつきがみ》さまの子供だで」

「そりゃ、そうだろうが……」

たしかにイオには、不思議な力がある。イオの故郷の睦月の里も、神域とされている。だが、こうして毎日接していると、あたりまえの子供に過ぎない。ちゃんとした人のからだを備えている以上、神から生まれたときいても合点《がてん》がいかない。

央介がいつまでも首をひねっているものだから、イオは話を継いだ。

「本当はな、おかあはいただ。だども、おらを産んですぐに死んじまった」

「そうか……親父は？」

「おとうは睦月神さまだ」

「睦月神ってのは、男の神さまなのか？」

央介は驚いてたずねたが、イオは首を横にふる。

「睦月神さまは人ではねえから、男も女もねえ」

疑問がさらに重なって、うーんと央介がうなった。

「おらもな、おーすけ、里を出るまでは同じことを考えた。いくら神さまの子だと言われても、やっぱり人の子じゃねえかと疑ってただ」

けれどイオが山を降りるとき、里長《さとおさ》が言ったという。

「どんなに遠く離れても、睦月神さまとの縁は決して切れぬ。里を離れれば、おらにもわかるはずだとな……そのとおりだった」

細い細い糸が結わえられてでもいるように、里にいる睦月神との繋がりを感じる。だから遠い江戸にいても寂しくはないと、そのときだけは妙に大人びた口調で語った。

「そういうものか」

やはり納得のいかぬものは残っていたが、里の信仰に水をさすつもりはない。

「それにいまは、おーすけがいる」

イオはくるりと表情を変え、にっと笑った。その顔が本当に嬉しそうで、央介もつい笑顔を返す。

「そうだな。じゃ、出掛けるか。今日はどこへ行きたい?」

「鯨《いさな》のおいちゃのとこ」

「また吉田町《よしだちょう》か。親父はいい顔をしねえんだがな」

夜鷹《よたか》の巣窟《そうくつ》に、大事な睦月童《むつきわらし》さまを連れていくなんて——。

また父親の心配を増やすだけなのだが、そんなぼやきなど気にもとめず、イオは央介の手を引いて走り出した。

「待っとったぞ、イオ、よう来たな」

駆け寄るイオを抱きとって、鯨の勇五郎《ゆうごろう》が高くもち上げた。六尺をゆうに超す巨漢だ。その頭上からのながめは格別らしく、イオが楽しそうに声を放つ。

「お、前にくらべて少し重くなったな。ちゃんと飯を食っとるようだな」

「はじめのころよりは、ちっとは食うようになりました。親父も喜んでます」

「おら、昆布の佃煮《つくだに》と、餡《あん》を載せた団子が好きだ」

イオを下ろしながら、そうかそうかと勇五郎はにこにこする。

「じゃあ、今日は団子を食いにいこう。向島《むこうじま》にでも行ってみるか」

鯨の勇五郎は、数百の夜鷹をたばねる元締めだ。それなりに忙しいはずなのだが、イオを邪険《じやけん》にすることがない。夜釣りだの縁日だの、桜のころには墨堤《ぼくてい》に花見にも連れていってくれた。イオがことさら懐《なつ》くのもあたりまえで、いつも申し訳ないと央介が頭を下げても、仕事は下の者に任せておけばいいと、勇五郎は大らかに応じた。

央介の方にもまた、鯨と呼ばれるこの男といると、ありがたいことがある。

イオには人の罪を映す『鏡』の力がある。

小さな罪は、誰もが抱える。急にそわそわしはじめるが、勇五郎が一緒だと、居心地の悪さはこの巨体の親分に圧倒されているためだろうと勘違いしてくれるようだ。おかげで町を歩いていても、煙たがられることがない。

日差しを苦手とするイオのために、出掛けるのは日が落ちた時分か、今日のような曇りか雨の日に限られるが、イオは待ちかねている。央介は三日に一度はイオを連れて、愛宕山《あたごやま》だの浅草寺《せんそうじ》だのへ出掛けたが、どんな名所より喜ばれるのはやはり吉田町だった。

「おいちゃ、おいちゃ、乗せてくれ」

「よしよし、ほうれ」

勇五郎はふたたびイオを抱き上げて、ひょいと己の左肩に乗せた。これもいつものことで、少し遠出をするときは、イオは機嫌よく鯨の肩にとまっている。大きな勇五郎の肩に、小さなイオがちょこんと座った姿は何やらほほえましく、行き交う人々も笑顔を向ける。

勇五郎は、本所《ほんじょ》吉田町から北に向かった。吾妻橋《あづまばし》の上手《かみて》で隅田川に流れこむ源森《げんもり》川《がわ》を越えると、ながめが一変した。町屋が途切れ、田畑ばかりが広がっている。まだ田植えには間がある時期だが、育ちはじめた作物や、野原の緑が目に心地良い。

「うわあ、広々して気持ちがええだ」

イオは大喜びしているが、晴れていたら緑はもっと鮮やかだろうにと、央介は巨漢の肩を仰ぎ、少しかわいそうに思った。

ところどころに百姓家が点在し、時折、田舎屋風に拵《こしら》えた粋な料理茶屋や、商家の寮らしき家も見えた。曇ってはいるが風は暖かい。央介ものんびりとした風情《ふぜい》に浸っていたが、ふいに頭の上で、あ、と声がした。

「どうした、イオ？」

勇五郎がたずねたが、イオはまるで頭の上に、尖《とが》った耳でも生《は》えたかのようだ。獲物を探す獣《けもの》さながら、緊張した面持《おもも》ちで辺りをうかがっている。

「睦月神さまの、においだ……」

ぴょん、と身軽にとび下りて、鼻をひくひくさせた。

「神さまに、においがあるのか？」

勇五郎はイオではなく、央介をふり向いてたずねた。さあ、と央介も怪訝《けげん》な顔を返す。

「あっちだ！」

と、イオがいきなり走り出した。

「あ、待て、イオ！」

野兎なみの速さだ。声をあげたがすでに遅く、やせた子供の姿が見る間に小さくなる。

「ったく、いつもいつもこれだ。おれの仕事は、あいつを追っかけることじゃねえんだぞ」

「ははは、女の尻を追いかけるなら、男にとっては本望だろうが」

「あれのどこが女に見えるってんだ」

憎まれ口で応じ、央介は急いでイオの後を追った。

「わしはこの辺りで、一服しているからなあ」

雲雀《ひばり》のさえずりの合間に、呑気な声が背中から響いてきた。

「ここだ。この屋から、睦月神さまのにおいがする」

田んぼ三枚分も走らされ、ようやくイオは一軒の家の前で足をとめた。

「……こん中に、睦月神が、祀《まつ》られてるってのか？」

息が切れて、うまく声が出ない。ぜいぜいと肩で息をしながら、急にふき出してきた額の汗を拭った。

「睦月神さまは、睦月の里にしかおられね。そんなはずは、ないだども……」

ひなびた百姓家に造ってあるが、生垣《いけがき》は手入れが行き届き、格子戸《こうしど》の嵌《は》まった門も洒落《しゃれ》ている。どこぞの物持ちが別荘としている寮と思われた。どうにも気になって仕方ないらしく、イオは格子戸に顔を張りつけたまま離れようとしない。

「いきなり神さまを拝ませてくれといってもなあ……まあ、声だけでもかけてみるか」

　イオをどかせて格子戸をからりとあけたとき、ほとんど同時に家の玄関があいた。

　出てきた女に、央介の目が釘付けになった。吉原遊郭《よしわらゆうかく》ですら、なかなかお目にかからない。抜けるように白い肌に、赤い唇が咲いて、黒目がちの瞳は水を湛《たた》えたように潤《うる》んでいた。男なら誰でも、見惚《みと》れるに違いない。央介もしばしその場に突っ立っていたが、

「ルイ！　ルイじゃねえか！」

　イオが叫び、相手の女も目を見張った。

「まあ、イオ！　本当にイオなの？　睦月神さまの気配がしたから、慌てて外に出てみたのよ」

　ルイという女もまた、イオと同じことを口にした。やはり睦月の里人には、不思議な力があるのだろう。それでも同郷の者との再会を喜ぶ姿は、ただ人と変わらない。

「ルイ！　こんなところでルイに会えるなんて！」

　央介の横から、イオがとび出した。門から玄関へ続く長い踏み石も、イオの足な

らひとっとびだ。いつも鯨の勇五郎にやるように、しがみつこうとするのを、央介の腕が辛《かろ》うじて止めた。

「馬鹿、気をつけろ！　腹に障《さわ》りでもしたらどうすんだ」

「……腹？」

後ろから襟首《えりくび》をつかまれたイオが、不思議そうな顔をルイに向ける。

ルイの腹は、前に大きくせり出していた。央介に小さな声で礼を言い、微笑《ほほえ》んだ。

「あと、ひと月ほどで産まれます」

「この人のおなかには、赤ん坊がいるんだよ」

「あかんぼう……」

呟《つぶや》いて、イオははっとした顔で、ルイを仰《あお》いだ。誰もが喜ぶはずの知らせなのに、見開かれた大きな目には、いっぱいの悲しみが満ちていた。

「ルイは……子を産むだか？」

「そうよ、イオ。だからもうすぐ、里へ帰るの」

ルイは桜色の絹物を身につけている。その袖を握りしめ、イオは訴えた。

「駄目だ、ルイ……赤子なぞ、産まねえでくれ」

そばかすの浮いた白い顔が大きくゆがみ、いっぱいに開いた目からぽろぽろと涙をこぼす。イオが泣くなど初めてだ。央介はびっくりし、慌てて言った。

「子を授《さず》かるのは、めでてえことなんだ。何も悲しいことなぞねえんだぞ」

「だども……赤子と引きかえに、ルイが死んじまう！」

絞り出すような、悲痛な叫びだった。大きな目は、いっぱいの恐れと怯《おび》えを映している。言い訳のように、ルイが言葉を継いだ。

「イオの母親は、この子を産み落として亡くなりましたから……だから怖くてならないのでしょう」

「あ、ああ……そういうことか」

たしかにお産は楽ではない。産後にからだをこわす者は多く、命を落とすことさえある。央介の祖母もまた、子を流したことから床《とこ》に就いたときいている。どこよりも医者の多いこの江戸ですら、お産だけは産婆頼みだ。深い山中ではよけいに心許《こころもと》なく、命の危険も大きいのかもしれない。イオが必死でルイにすがりつく。

「ルイ……里へ帰っちゃならねえ。睦月神さまの子を、産んではならねえ」

イオの怯えようは尋常ではない。母親のことばかりでなく、何か別の理由《わけ》があるようにも思えたが、ともかくイオの不安をとり除いてやるのが先だ。

「おルイさん、と言いましたね。里に帰らず、江戸でお産をしてはどうですか？」

央介の申し出に、女の目が驚いたようにかすかに開かれた。

「何よりそんな大きな腹じゃ、里へ辿り着く前に産気づいちまうかもしれねえ。おルイさんが江戸に留まるなら、こいつも少しは心安くなるでしょうし」

かすかな希望を見出したように、イオは泣くのをやめて、じっとルイを仰いだ。

「そうできたら、どんなにいいか……私もずっと、あの人の傍にいたかった」

ルイは一瞬、遠い目をした。ツバメを見送っていたイオのような、とんでいくあこがれを見送るような、切ない目だった。

「でも、もうここにはいられなくなったの。もうすぐここを出なければ。そうしたら、里より他に行くところがないもの……ごめんね、イオ」

涙でべたべたの頬を、白い手がやさしく撫でた。

央介は、ふいに察した。身につけた絹物や、手の込んだ家の造作《ぞうさく》。それが何を意味するのか、ようやく気がついたのだ。

「おルイさん、あんたの亭主は？　ここにはいないんですかい」

何をきかれたか、わかったのだろう。ルイは口許に微笑を浮かべ、うなずいた。

贅《ぜい》を尽くした着物や住まいを見れば、ルイが物持ちの世話になっているとわかる。こんな田舎に隠れるようにひっそりと住まっているのも、妾《めかけ》と考えれば納得がいく。本妻に頭が上がらないのか、家督相続の面倒を避けたか、ともかく子供ができたことで厄介払いされることになったのだろうと央介は了見した。

「行くところがなければ、国見屋《うち》に来ればいい。睦月の里人なら、おれの親父が喜んで引き受ける。親父は誰より、睦月童を尊んでいるからな」

改めて名乗り、父親がイオを連れてきた経緯《いきさつ》を、央介は簡単に語った。

日本橋には産科に秀でた医者もいる。央介が熱心に説くと、イオはたちまち話に乗った。

「それがええだ。ルイも、もとは睦月童だで。ルイはな、先読みの力があるんだぞ」

「先読みって……人の先行きがわかるということか？」

はい、とルイはうなずいた。

「ですが、いまはまったく……睦月の力は、イオくらいの歳にもっとも強くなるのです」

座敷童として山から降ろされるのも、それ故だ。長じるにつけ、少しずつ異能は弱まってくるとルイは語った。

「大人になっても多少は残りますが、この子を宿してからは何も見えなくなりました」

古くから、巫女《みこ》のたぐいは処女性が重んじられる。何となく呑み込めたが、それよりも央介は、ルイが持つ力の方が気になった。

「前に親父からきいたことがある。昔、子供のころに、山から降りてきた睦月童に、先読みをしてもらったと……もしや……」

穴のあくほどルイを見詰め、だが、そんなはずはないと首を軽くふる。

「おルイさんのわけがねえよな。親父の話は、かれこれ四十年ほども前になる」

睦月童は、十二年に一度降りてくるから、正確には三十六年前になる。その座敷童は、父の平右衛門《へいえもん》とそう変わらぬ年頃だったというから、少なくとも四十は超えているはずだ。けれど目の前のルイは、多く見積もってもせいぜい二十歳だ。

あからさまな視線を避けるように、ルイは静かに目を伏せた。

「変なことを言ってすまねえな」ばつが悪くなり、央介は話題を変えた。「……そのう、先読みってのは必ず当たるものなのか？」

「ええ、当たることしか見えませんから」

首をかしげる央介に、ルイは微笑んでひとつのたとえ話をした。

「ある者の幸せなようすが見通せたとしても、その翌日に死ぬこともあります」

「それじゃあまるで、騙《かた》りじゃねえか」

つい文句が口をついたが、ルイは怒りもせず、そのとおりだとうなずいた。

人の一生は、どうころぶかわからない儚《はかな》いものだ。ルイに見えるのは、そのうちのごく数少ない、決まりきった未来《ゆくすえ》だけだという。

「つまりは、千のうちの一に過ぎません。八卦見《はっけみ》と、何ら変わりはありません」

「それでも親父は、心痛の種を除いてもらったと、たいそうありがたがっていたよ」

「お役に立てたなら、よろしゅうございました」

ルイの口許が、嬉しそうにほころんだ。父の出会った先読みが、まるでルイだったような、奇妙な錯覚がまた胸にわいた。

「子を身籠《みごも》ってから、力は消えたと申しましたが……」

ルイが、つと央介を仰ぎ、じっと目の中を覗《のぞ》き込んだ。

「不思議ですね、央介さんのことは、ひとつだけわかります」

にわかに何ともいえない落ち着かなさに襲われて、央介はかすかに怯《ひる》んだ。それでも黒曜石のような瞳から、目を逸《そ》らせない。一瞬、ルイの墨色の目が、ふいに薄まって水色に見え、ふっと意識を失うような感覚に見舞われた。

——イズレオマエハ、睦月ノ里ニ大キク関ワルコトニナル。

きこえたのは、やさしげなルイの声ではなく、天から降るようにも地からわき上がるようにも響く、重々しい声だった。

——オマエハ遠カラズ、睦月ノ里へ行クコトニナロウ。

「おーすけが、睦月の里に？」

腰の辺りから声がして、央介ははっと我に返った。激しく揺れる地面に長いこと立っていたかのように、からだがふらふらする。

「大丈夫ですか？　先読みに、あたってしまったようですね」

ルイが気遣ってくれる。大きな出来事を予言されると、当人にも負担がかかると告げた。

「どうやら央介さんは、私たち睦月の民と、深い縁《えにし》があるようですね」

「深い縁……」

「だども睦月の里には、里人より他は入れねえはずだ」

それでも央介の姿は、たしかに睦月の里の中にあったとルイは請け合った。

「今年の大晦日《おおみそか》にイオが帰るとき、おれが送っていくのかもしれねえな」

「そうか。じゃあルイも、それまで一緒に国見屋にいればええだ。一緒におーすけに送ってもらお」

イオはいかにも嬉しそうににこにこしたが、ルイはゆっくりと首を横にふり、ふたたび央介と目を合わせた。

「お心遣いはありがたく存じます。でも、私はやはり、江戸に留まることはできません」

その顔がひどく寂しげで、央介の胸がずきりと痛んだ。日向《ひなた》にさらされた水草のごとく、イオもみるみるしょげかえる。しかし幸いなことに、気を引き立てる者が現れた。

「なんだ、こんなところにおったのか。あまり遅いから心配したぞ」

格子の外に、鯨の勇五郎の大きな姿があった。

「せめて江戸を立つ折には、こいつと一緒に見送らせてもらうよ」

ルイはうなずいて、二日後の早朝に江戸を立つつもりだと告げた。その折にまたここに来ると約束し、ひとまずルイと別れを交わした。

「イオ、ちょっと……」

央介が格子戸を抜けたとき、背中から声がかかり、イオがまたルイのもとに駆けていく。

ルイが短く耳打ちし、イオがびっくりしたように央介をふり返った。

「いまの話は本当よ。忘れないで、イオ」

わかった、とイオはひどくまじめな顔で、しっかりとうなずいた。

「何か、おれのことを話していたろ」

門を離れると、央介はイオの顔を覗き込んだが、

「内緒だ」

勇五郎の肩の上で、イオはぷいとそっぽを向いた。

「女子《おなご》同士の話をせがむのは無粋《ぶすい》だぞ。央介はまだまだだな」

勇五郎の笑い声が、辺りの田畑にこだまする。近くで鍬《くわ》をふるっていた百姓が、こちらに顔を向けた。

「あ、そうだ……親分、ちっとこいつを頼みまさあ」

央介は畔《あぜ》を越え、一目散に百姓のもとに走った。

「なんだとお！　親父、そいつは本当か！」

息子に迫られて、平右衛門は何事かという顔をしながらも、間違いはないと請け合った。

央介が百姓に確かめたのは、ルイの住まう寮の持ち主、つまりはルイの旦那のことだった。ルイの美貌《びぼう》は近在でも噂になっているらしく、百姓はすらすらとこたえてくれた。

寮の持ち主は、日本橋の大きな蠟燭《ろうそく》問屋だが、ルイの旦那は別の男だった。日本橋小松町《こまつちょう》にある結納品問屋、掛井屋《かけいや》の若旦那で、名は順之助《じゅんのすけ》。蠟燭問屋からあの寮を借り受けて、ルイを住まわせているようだ。

央介は家に帰ると、掛井屋とその若旦那について父親にたずねてみた。

「掛井屋の若旦那は、近々祝言《しゅうげん》を挙げるそうだ。お相手はやはり日本橋にある、大きな刷物《すりもの》問屋の娘さんでね、今月のうちに祝言をすませると、そうきいているよ」

父の営む国見屋もまた、同じ日本橋の内にある。目論見《もくろみ》どおり平右衛門は、結納品問屋の噂もつかんでいたが、きいた央介は烈火のごとく憤《いきどお》った。

「ルイさんを手籠《てご》めにしておいて、てめえは大店《おおだな》の娘と祝言だと？　江戸を離れたいと望むのも、道理じゃねえか」

腹が煮えくりかえって仕方がなかった。

央介はどうにも我慢ができず、ひと晩経った翌日、掛井屋に乗り込んだ。

「こちらの若旦那さんに、お目にかかりたいんですが。手前は新川の下酒問屋《くだりざけどいや》、国見屋の倅《せがれ》で央介と申します」

ついこのあいだ、厄介事が収束したばかりだ。この上、決して面倒を起こしてはならないと、平右衛門からは再三、念を押されている。口つきだけはていねいにたずねたが、からだからみなぎるものも表情も明らかに剣呑《けんのん》だ。

応じた手代はやたらとびくついていたが、それでも国見屋の名は知っているのだろう。話を通してくれて、やがて奥から、若旦那の順之助が出てきた。

「掛井屋順之助にございます。何かご用の向きがあると伺《うかが》いましたが」

色白の細面《ほそおもて》。いかにも女に受けそうな顔立ちで、かえって胸がむかむかする。

「ルイさんのことで、ちっとばかし話があってな」

有無を言わさず、店の外に引っ張り出した。小松町からほど近い、楓川《かえでがわ》のほとりに来ると、堪《こら》えていたものがいっぺんに噴き上げて、央介は順之助をさんざんになじった。

だが、返ってきたこたえは、央介の見当を大きく外れていた。

「ルイと一緒になりたいと望んだのは、あたしの方です。なのに、どんなに頼んでも承知してくれない。子ができてからはなおさら、精一杯心を尽くして説きましたが、ルイは里に帰って子を産むとの考えを曲げてはくれませんでした」

「そう、なのか……」

怒りの矛先《ほこさき》が霧散《むさん》して、目と口をぽかりとあけるしかできない。

「だが、だけど……あんたは大店の娘と祝言を挙げるんだろ？　そいつはどうなんだい」

「それも本当です。ですが、親同士で交わされた縁談で、それでもあたしには、ルイしか見えなくなっていた」

思いあまった順之助は、父親に打ち明けて、縁談は白紙に戻してほしいと頼み込んだ。ルイのおなかには、己の子供がいる。孫ができるとわかれば、父親も折れてくれるかもしれないとの望みにかけた。しかし掛井屋には、縁談を断れない理由があった。

掛井屋は相場に失敗し、仕入れにも事欠くほどに金に詰まっていた。許嫁《いいなずけ》の実家である刷物問屋は、昔からの馴染みであり、これから親類になるのだからと金の融通を承知してくれたという。

「やっぱり、ルイさんより金をとったってことじゃねえか」

「違います！　親父からその話をきいても、あたしは諦めちゃいなかった。ルイと引き合わせれば、親父もきっと考えを変えてくれる。いまでもそう信じています

……ですが、肝心のルイが承知してくれぬことには、もうどうにもなりません」

せめて赤ん坊だけは江戸で産んでほしいと頼んだが、ルイはやはり里に帰るとの一点張りだった。

「いっそ、親も店も捨てて、ルイと一緒になろうかとまで思い詰めました」

順之助は、わずかのあいだに十も歳をとってしまったかのように、悄然《しょうぜん》とうなだれた。

けれどルイの先読みに、ふたりの幸せな未来《ゆくすえ》は現れなかった――。

当のルイにそう告げられては、どうしようもないと、情けなさそうに語った。

楓川の向こうには、八丁堀《はっちょうぼり》の武家屋敷が広がっている。ふりそそぐ日の光が白塗りの塀を照りかえし、川面《かわも》にまばゆい影をつくった。

その晩のことだった。

頬にぺちぺちと何かがあたり、央介は目を覚ました。

「おーすけ、起きろ、おーすけ」

「……イオか？　こんな夜中に、どうしたんだ」

頬を叩いていたのは、イオの手だった。いつのまに央介の寝間《ねま》に来たのだろう。まるで悪夢にうなされた子供のように、懸命に訴えた。

「おーすけ、ルイが大変なんだ。助けてくれって、おらを呼んでいるだ」

とたんに半分寝ていた頭が、しゃっきりした。

「ルイさんが、どうしたって？」

「わからね……わからねえけど、難儀をしていて、おらに助けを求めてる」

ルイの声がきこえたと、イオは告げた。場所はわからないが、おそらく江戸にいるであろうことは間違いない。ただ、それ以上のことはつかめないと不安そうにとりすがる。

「産み月より早く、産気づいちまったんじゃねえか？」

央介の推量に、たぶん違う、とイオはこたえた。

「出してほしいって、それだけはきこえただ」

「……出して？　どこかに、籠《こ》められているってことか？」

おそらくはと、イオはうなずいた。どちらにせよ、ルイに災難がふりかかったとあれば、ぐずぐずしてはいられない。央介は手早く身支度をすませ、イオと一緒に家を抜けた。以前はよく夜中に出入りしていたから造作《ぞうさ》はない。

空に月はなく、提灯《ちょうちん》も持たずに出てきたが、イオは夜目がきく。央介の腕を引っ張るようにして、まっすぐに向島へ向かった。いったい何刻《なんどき》なのかもわからなかったが、源森川を渡ったとき、東の空がうっすらと白みはじめた。

向島の寮に、やはりルイの姿はなかった。

「昼間のうちに、若旦那から文《ふみ》が届いて……夕刻にかかるころ、ひとりで出掛けていったきり、まだ帰られないんです」

ルイの身のまわりの世話を言いつかっていた小女《こおんな》は、泣き出しそうな顔で央介に告げた。この家にはもうひとり、老いた下男がいる。下男が日本橋の掛井屋まで走り、仔細《しさい》を告げると、そんな文を出した覚えはないと順之助は真っ青になった。

いまは引き連れてきた手代や小僧とともに、周辺を探しまわっているという。

「いつ産まれてもおかしくはないから、あたしか爺やさんがご一緒すると言ったんですけど、大丈夫だからって……やっぱり無理にでもついていけばよかった！」

人気《ひとけ》のない場所で産気づいたのかもしれないと、小女は顔を覆《おお》った。

イオの話が本当なら、その心配はないはずだが、ルイが危うい目に遭っているのは間違いない。

「イオ、最初にルイさんを見つけたみたいに、においなぞはしねえのか？」

子供らしい銀杏髷《いちょうまげ》が、ふるふると横にふられる。少なくとも、この辺りにはルイはいないということだが、そこから先は方角すらわからないとイオはこたえた。

「どうしよう、おーすけ、おら、どうすればええだ」

「そんな顔するな、イオ。ルイさんは、きっと探し出してやる」

まだふくらみに欠ける頬を、両手ではさんで請け合った。とはいうものの、咄嗟《とっさ》には何の方法も浮かばない。

「ルイさんを連れ出したのが、若旦那じゃねえとすると……いったい誰が、何のために？」

日頃はとんと使うことのない頭で、必死に考えた。ぶつぶつと、考えが口からもれる。

「なにせあの美貌だ。他所《よそ》の男が懸想《けそう》してさらっていったか？　だがなあ、いまはあの腹だしな……」

臨月間近の身重の女に、手を出すというのも考えづらい。

「とすると残るは、ルイさんを憎んでいて、邪魔だと思っている者……」

ふっと頭にひらめいた。もしも腹の子の話を知れば、ルイを誰よりも憎む者がいる。順之助の許嫁、日本橋の刷物問屋の娘だ。

小女にたずねてみると、刷物問屋の名と所在は知っていた。

「イオ、おまえがいれば、ルイさんの居場所を吐かせることができるかもしれねえ」

また日本橋へ逆戻りだが、イオは不平をはさまなかった。

江戸の店々は、明け六つから商売をはじめる。

日本橋へ着くまでに日が昇り、途中で央介は、イオの頭から羽織をかぶせて背中に負った。目的の刷物問屋は、結納品問屋の掛井屋とも三町ほどしか離れていなかった。

順之助を呼び出したときと同じに、央介は身許を明かしたが、相手は嫁入り前の娘だ。使用人も容易にはとり継いでくれなかったが、

「この子がお嬢さんに、親切にしていただいたそうで。どうしてもお礼が言いたいと」

その方便で、何とか許嫁を玄関まで呼び出すことができた。

けれど娘は、央介の思惑とは、まったくそぐわないようすを見せた。

「あの、話は伺いましたけれど……お人違いではないでしょうか。私には、覚えがありませんし」

ルイほどの美貌ではないが、おっとりとした可愛らしい娘だ。ただ顔色は青白く、あまり丈夫そうには見えなかった。

「実はおれは、掛井屋の若旦那とも見知りでして」

「まあ、順之助さんと。改めまして、よろしくお願いいたします」

順之助の名を出しても、屈託はまったく浮かばない。

「この子を、覚えてやしませんか？　もういっぺん、とっくりと見てください」

イオを押しつけるようにして前へ出す。娘はじっとイオを見詰め、並みの者と同様、ちょっと嫌そうに眉《まゆ》をひそめたが、だが、それだけだった。央介は拍子抜けして、娘にていねいに詫びを入れた。

「すいやせん、やっぱりこの子の勘違いのようですね」

生来《せいらい》の育ちのよさか、許嫁の友人だとの方便が功を奏したか。気を悪くしたそぶりも見せず、娘はふたりを送り出してくれた。

「間違いなく、当たりだと思ったんだがな……」

母屋の玄関を出て、央介は頭をかいた。刷物問屋の敷地を抜け、そこで意外な男と鉢合わせした。

「あなたは、国見屋さんの……どうして、こんなところに」

まるで頭から盥《たらい》の水を引っかぶったような、汗みずくの姿は掛井屋順之助だった。

向島でさんざん探しまわってみたが、ルイを見つけられなかったと辛そうにうつむいた。

央介と同じ心配にかられ、ここまで足をはこんだようだ。イオがルイの危急を察したことと、いましがたの顚末《てんまつ》を伝えると、

「そうですか、違いましたか……」

安堵《あんど》と落胆がない交ぜになった表情で、順之助は息を吐いた。この若旦那は、ルイの異能を承知している。イオの鏡の力についても、疑いをはさまなかった。

「ルイはやはり誰かに連れ去られ、いまこのときも難儀な思いをしているのですね」

手がかりは、ぷっつりと途絶えてしまった。順之助の絶望は、そのままイオの思いでもあった。不安げに仰ぐ子供に、央介はまた己の羽織を頭からかぶせた。

「大丈夫だ、イオ。おれと一緒にルイさんを探そう。近くにいれば、においがわか

るんだろ?」

「あたしも、同行させてもらえませんか。商いなぞ、とても手につきません」

央介は承知して、その日から三人は江戸中を歩きまわった。

しかしルイの行方はわからぬまま、五日が過ぎた。


「だいぶ、参っているようだな」

鯨の勇五郎が、同情めいた顔を寄せ、央介の肩をぽんとたたいた。

「昼間は方々歩きまわって、夜はろくに眠れねえからな」

央介の目の下には、くっきりと隈《くま》が浮いている。江戸市中のすべての地面に踏み跡を残すように探しまわり、布団に倒れ込むと、いくらもしないうちにイオに起こされる。

往来に人の多い時分には届かぬようだが、夜になるとやはりルイの声がきこえ、しかも助けを呼ぶ声は、徐々に切羽詰まってきているという。

「頼みの睦月神のにおいも、せぬようだな」

町中では、雑多なにおいも多い。ルイのにおいもかき消されて、イオの鼻まで届かぬのかもしれないと、央介は力なく憶測を述べた。

順之助は、疲れと心痛でついに寝込んでしまい、さすがの央介も精魂が尽きかけている。

イオは央介の膝を枕に、短い眠りについていた。

「少し、考えを変えてみてはどうだ？　誰かが何かの目論見をもって、おルイさんをかどわかしたのは間違いなかろう」

イオに助けを乞うている以上、この江戸のどこかに閉じ込められているのは事実だ。だが、順之助の許嫁より他には、目ぼしい人物が浮かんでこない。

「わしもあれこれ、考えてみたんだがな」

勇五郎もまた手下を使い、夜鷹商売の傍《かたわ》ら、ルイの行方を探ってくれている。しかし美貌で身重の女という手がかりだけだから、こちらも不首尾に終わっていた。

「おルイさんを恨んでいるかもしれぬ者が、他にもいると思い当たった」

「誰です、親分？」

「その若旦那の、ふた親だ」

あ、と央介の口があいた。結納品問屋の主人夫婦にとって、ルイは何より邪魔な存在だ。ことに祝言が間近に迫ったいま、倅に惚れた女がいて子まで生《な》していると知れれば、縁談そのものが壊れかねない。

「もしかしたら恨みつらみよりも、ルイさんを人目につかせぬよう、隠しちまったのかもしれませんね」

央介が身を乗り出すと、そうかもしれんな、と勇五郎がうなずいた。

「イオ、起きろ。もういっぺん、おまえの力が要り用だ」

眠気まなこのイオをそのまま背中に乗せて、央介は本所吉田町を後にした。


「央介さん、いったいどうしなすった」

いまにもふらりと倒れそうな顔色だが、それでも順之助は央介の来訪を知ると、奥から出てきて座敷に招じ入れた。挨拶もそこそこに、央介は来意を告げた。

「旦那さんとお内儀《かみ》さんに、会わせてもらえませんかい」

「それは、かまいませんが……でも、どうして」

理由《わけ》は後だと言うと、訝《いぶか》しみながらも順之助は、女中に両親を呼びにやらせた。

待つほどもなく、小柄な主人とやせぎすの妻女が顔を出す。

「これはこれは、よくいらっしゃいました。国見屋の若旦那には倅がたいそうお世話になっているようで、こちらからご挨拶をせねばと、かねがね気にかけておりました」

不義理をして申し訳ないと、主人と内儀《ないぎ》は、央介に向かってていねいに頭を下げた。

掛井屋の主人は、いかにも温厚そうな人物で、妻もからだに似合わぬ親しげな微笑を浮かべる。央介は突然の訪問を詫びて、ひとつ確かめたいことがあると切り出した。

「ルイさんのことは、順之助さんからおききおよびと思いますが」

夫婦はひとたび顔を見合わせたが、返ってきたのはごくごくまっとうなこたえだった。

「倅とルイさんの仲は、承知しております。ルイさんがいなくなったときいて、あたしどもも心を痛めておりました」

「ルイさんの行方を、ご存じありませんか」

「まさか……私たちを疑っているのですか」

驚いたように、内儀が声をあげた。となりの主人も、また順之助も息を呑む。

「たしかに、ルイさんの話をきかされたときには、正直慌てました。許嫁のお嬢さんにも申し訳ないと、息子に説教も致しました」

けれどルイが身を引くと知って、いまではかえって哀れに思うと内儀は告げた。

「ルイさんのおなかには、私どもの孫もおります。せめて孫には不自由させたくないと、それなりのものをさし上げて、お国許に帰すつもりでおりました」

切々《せつせつ》と内儀は訴えたが、それでも央介は気を抜かず、背後にいたイオを前に出した。

「ご無礼を承知で、もう一度伺います。本当にルイさんの行き方を、知らないのですね？」

「むろんです」

内儀は背筋を伸ばし、きっぱりとこたえたが、そのとなりから短い悲鳴があがった。

掛井屋の主人が、腰を浮かせていた。

まるで血の気の引く音が、きこえるようだ。見る間に顔色は青ざめて、叫び出すのを堪えるように、片手で口を押さえている。

「旦那さま、どうなさいました」

内儀の声さえ耳に入らぬようで、主人はただ、イオの目を凝視《ぎょうし》している。

「もしや旦那さん、この子の目が、違った色に見えるんですかい？」

央介の追及に、掛井屋は必死で首を横にふる。

「おとっつぁん、まさか！」

気づいた順之助が、はっとなった。

大きな罪を犯した者には、イオの目は金色に見える——。しかし、そうではなかった。

この主人は決して「罪」と呼ぶほどの悪事は働いていない。それでも後ろめたさは日ごとに大きくなっていたのだろう。イオの目に暴かれて、我を失っていた。

「旦那さん、この子の目を見てこたえてくれ。ルイさんは、いまどこにいる！」

落ちた雷から身を守るように、主人が頭を抱え、畳に突っ伏した。

「おとっつぁん、ルイをどこにやったんです！」

倅にも詰め寄られ、父親が震えながらこたえた。

「あたしはただ……孫をこの手に抱きたかっただけなんだ……ルイさんの腹にいるのは、あたしらの血を継いだ、この世でたったひとりの孫じゃないか。もう後には望めないというのに、その孫を手放せるものか」

情けない夫の姿に、妻が茫然《ぼうぜん》とした目を向けた。

「おまえさまは、まだ諦めていなかったのですか……」

「おっかさん、どういうことだ。あたしには何が何だか」

内儀は小さくひとつ息を吐き、話しはじめた。

「おまえの許嫁のお嬢さんは、生まれつきからだが弱くてね……とても子供は望めないと、先様《さきさま》からはそうきいていたのです」

順之助には、いま初めて明かされた真実のようだ。すうっと息を吸い、その目が大きく広がった。知ればただでさえ気の乗らない縁談を断ってしまうかもしれない。悶着《もんちゃく》になるのを恐れて、両親は息子には何も語らなかった。

一方で、刷物問屋からの金子《きんす》は、何としても必要だった。血を分けた孫を授けられない娘を、嫁にもらってもらう。大枚の金の融通は、いわばその見返りなのだった。

これも運命《さだめ》と内儀は受け入れたが、肝心の主人は、諦めがついていなかった。

江戸で子を産んでほしい、その子をいずれ掛井屋の跡継ぎにしたいと乞うた。けれどルイは、どうしても承知してくれず、帰郷の日は刻一刻と迫っている。万策尽きて、もう、お産のその日まで閉じ込めておくより仕方ないと決心した。あてどなくルイを探して、日に日に憔悴《しょうすい》してゆく息子は見るに忍びなかったが、子供が生まれるまでの辛抱だと、これも心を鬼にしてこらえた。

そろそろと身を起こした主人が、倅に訴える。

「順之助、おまえだってわかるはずだ。いま血を分けた我が子を手放したら、一生悔やむことになる。もし男の子なら、掛井屋の大事な跡取りになるのだぞ」

息子の顔に、明らかな迷いが浮かんだ。父親と同じ執着《しゅうちゃく》に、とり憑《つ》かれつつあるのがわかる。しかしその逡巡《しゅんじゅん》を、イオが払った。

「ルイの腹の子は、女の子だ」

イオの目に射すくめられて、親子が同時にびくっと身を震わせる。それでも順之助は、果敢《かかん》に反論した。

「そんなことが、どうしてわかる。生まれてみなければ、誰にもわかるはずが……」

「睦月の里の女は、女子《おなご》しか産まね。男は決して、産まれてくることがねえだ」

「ちょっと待て、イオ。それじゃあ、おまえの里には……」

「睦月の里には、女子しかいね」

大人四人が、同時に息を止めたような沈黙が座敷に満ちた。それを無理に破るように、主人の嗄《か》れた声がする。

「たとえ女の子でも、婿《むこ》をとれば……」

「もう、やめましょう、おまえさま」内儀が穏やかにさえぎった。「ルイさんを、里に帰してあげましょう」

「しかし……」

「おなかの子をどうするか、決められるのは母親だけなのですよ」

どうにも収まりのつかなかった夫と息子の胸の内を、内儀の声が鎮《しず》めた。

浅草田圃《たんぼ》の中ほどに、昵懇《じっこん》にしている百姓がいる。

ルイはそこにいると、抑揚《よくよう》のない声で主人が告げた。

頑丈な扉のある納戸《なんど》に籠められていたが、それ以外は百姓一家から大事にあつかわれていたようだ。大切な孫とその母親だからと、掛井屋の主人は念入りに頼んでいた。

それでも助け出されたルイは、ひどく憔悴していた。顔色は青白く、肩で息をしている。

「やはりこのまま、里へ帰すことなどできない。とても陸奥《むつ》まで、もたないかもしれない」

掛井屋親子は懸命に乞うたが、それればかりは無理だと、ルイは訴えた。

「どうか、堪忍《かんにん》してください。里へ辿り着かねば、この子は産まれることなく死んでしまいます」

「そう……なのか、ルイ？」

イオの目には、強い怯えだけがまたたいていた。ルイはイオを見詰め、こくりとうなずいた。

「イオも里を離れてみて、わかったでしょう？　私たちは睦月神さまと繋がっていると」

「わかる……まるで細い糸が、睦月の里からここまで伸びているみてえだ」

「その糸がね、この子を授かってから、どんどん太く強くなっていくの。いまはもう、注連縄《しめなわ》くらいになっているわ。その先をね、睦月神さまが引いていなさるの」

このまま江戸にいれば、きっとこの身が裂けてしまうと、ルイは真顔で告げた。

「だから私は、帰らなければならない……何より大事なこの子のために」

「だども、ルイが……」

大きな瞳から、涙をこぼす。

「イオ、私はね、とても幸せなのよ。順之助さんと会えて、こうして子を授かった」

「ルイ……」

傍らのイオに負けぬほど、順之助の頬をいく筋も涙が伝う。

「イオにもきっと、わかる日が来るわ」

皆に別れを告げて、ルイは掛井屋が用意した駕籠《かご》に乗り込んだ。睦月の里がある山の近くまでは、この駕籠で行き着けるはずだった。

「おまえたち、頼んだぞ」

三十半ばの夫婦者が、勇五郎に向かってうなずいた。身元の確かな堅気《かたぎ》の夫婦で、道中ルイの世話をするようにと、勇五郎から言いつかっていた。

駕籠はしだいに小さくなり、諦めたように掛井屋親子がその場を離れても、イオは勇五郎の肩から、いつまでも見送っている。

「おルイさんは大丈夫だ。女子というのは子ができると、とたんに強くなるものだからな」

勇五郎の慰めも、今日ばかりは効き目がない。イオは大きな頭にしがみつき、またしゃくりあげはじめた。

やがて泣き疲れ、居眠りをはじめた子供を、央介の背中に乗せる。

イオの温《ぬく》もりを背中に感じたとき、ふいにルイの声が胸によみがえった。

──私もずっと、あの人の傍にいたかった。

「幸せだと、ルイさんは言っていたが……好いた男と添い遂げられねえなら、おれにはやっぱりかわいそうに思えるよ」

低い曇天《どんてん》の空から、ひとしずくの雨粒が落ち、央介の頬を流れた。

第四話　魔物

「朝晩は、だいぶ冷えるようになったな」

川縁《かわべり》へ出ると、秋風がまともに吹きつけて、央介《おうすけ》は己《おのれ》の腕をさすった。

「イオ、寒くねえか？　やっぱり綿入《わたい》れの上に、もう一枚羽織《はお》らせりゃあよかったな」

「おら、平気だ。このくれえ、何でもねえ」

北国育ちの十歳の少女は、味噌っ歯を覗《のぞ》かせてにっと笑った。

「この時節になると、さすがにお天道《てんと》さんが恋しくなるな」

鉛色《なまりいろ》の空を見上げ、口の中で呟《つぶや》いた。どうしてだかイオは日差しを嫌う。大工や左官といった出職《でしょく》や棒手振《ぼてふ》りとは反対に、雲と雨を待ちかねている。おかげで毎朝、空模様を確かめるのが央介の日課となった。空が翳《かげ》っていれば、イオを連れて外に出る。

「おーすけ、店にいなくて大丈夫だか？　ここんとこずっと、大番頭さんに算盤《そろばん》を習っているのだろ？」

「算盤じゃねえよ。商いのあれこれを学んでいるんだが、与惣《よそ》さんはどうも話が長くてな。つい眠くなっちまう」

大番頭の名を出して、央介はぼやいた。

折り紙つきの素行の悪さを誇っていたのが、すっかり落ち着いた。大きな難所を切り抜けたことに加え、やはりイオの存在が大きかった。大きくて無邪気な目は、いつでもまっすぐに央介を見ている。その信頼を裏切るようで、半ちくな真似ができなくなった。

「おら、もうひとりで江戸の町を歩けるぞ」

「おまえをひとりで出すなんて、親父が許すわけがなかろうが」

央介の護衛では、甚《はなは》だ心もとないのだろう。平右衛門は相変わらず、門限だの禁令だのをたっぷりとくっつけて、ふたりを送り出す。

「あと三月、睦月童《むつきわらし》さまをしっかりお守りして、無事に里にお帰しせねばならないからね」

今朝、平右衛門から言われたことが、頭をよぎった。

「あと三月か……」

睦月童は元旦に家に招かれ、大晦日《おおみそか》に山に帰る。十月に入ったから、すでに三月を切っている。自分の身近で、犬ころのようにはねまわる小さな女の子の姿は、まもなく消える。そう思うと、にわかに寂しさが募《つの》った。

「イオ、今日は亀戸《かめいど》天神に、菊見にいこう」

「おら、鯨《いさな》のおいちゃに会いてえだ」

「亀戸も吉田町も、同じ本所《ほんじょ》だ。親分も誘ってみるからよ」

本所吉田町に住まう鯨の勇五郎は、夜鷹《よたか》の元締めだが、イオとは大の仲良しだ。うん、とにこにこするイオに、手をさし出した。少しは目方が増えたようだが、やはり歳より三つは小さく見える。おまけに何か見つけると、子供の常で走り出す。人込みでは手を引いてやるのが、いつのまにか習《なら》いとなっていた。

けれどいくらも行かぬうち、異変が起きた。

前から来た男が、ふたりの前で急に立ち止まった。どこぞの下働きでもしているような、貧しい身なりの若い男だった。

男が凝視《ぎょうし》しているのは、央介ではない。イオの目だ。まるで鏡を見せられたガマ蛙のごとく、いまにもからだ中から脂汗《あぶらあせ》を噴き出しそうだ。街中を歩いていて、こうまであからさまな変じように出会ったのは初めてだった。

央介は、かばうようにイオの一歩前に出て、相手に問うた。

「おまえ、何か悪事を働いたろう。いったい何をした？」

イオの目に雁字搦《がんじがら》めにされていた男が、夢から覚めたように、ひいっ、と叫びざま向きを変えた。

「逃がすものか！」

ここにいろとイオに告げ、央介は猛然と走り出した。

すぐにも追いつけそうに思えたが、相手の足は意外なほどに速かった。みるみる間が開いていき、央介は思わず舌打ちした。

「誰か、そいつを捕まえてくれ！」

央介の声に、道行く者が何人もふり返ったが、運悪く加勢してくれそうな若い者はいない。年寄や女ばかりで、眉《まゆ》をひそめながらも通り過ぎる男を見送るしかできない。

「ちきしょう、橋を渡られたらおしまいだ」

しかし男の足はすでに橋にかかり、半ばやけくそになって腹の底から怒鳴った。

「その男を、捕まえてくれえ！」

と、不思議なことが起きた。

ずっと先に見えていた男のからだが、まるで神風にでもとばされたように、ふわりと浮いて宙を舞った。男が背中から橋に叩きつけられて、ようやく何が起きたのか呑み込めた。

「こやつは、何をやったのだ。掏摸《すり》か？　置き引きか？」

駆けつけた央介に、三十過ぎと思われる武士がたずねた。

柔術に優れているのだろう。深川《ふかがわ》の方角から橋を渡ってきた武士は、すれ違いざま男を投げとばしたのだ。武士にていねいに礼を述べ、けれどこたえにはちょっと詰まった。

「いや、おれも、こいつが何をしたかまでは……ただ、悪事を働いたことだけは確かでさ」

男を起こし、背中でその両腕を押さえた侍が、怪訝《けげん》な顔をする。

男がふたたび悲鳴を発した。じっとしておれず、イオが央介を追ってきたからだ。

「やめろ、やめてくれ、その目でおれを見るな！」

男の背後にいる武士の目が、大きく広がった。罪を犯した者には、イオの目は金色に光って見える。それを察しているかのように、侍はイオをじっと見詰めた。

「おれは悪くない……悪いのは、旦那さんだ……何の粗相《そそう》もしねえのに、毎日毎日おれを足蹴《あしげ》にして……」

男は万治《まんじ》といい、二年ほど前から古着問屋で下働きをしていたが、どういうわけか主人にひどく疎《うと》まれていた。執拗《しつよう》に続く罵倒《ばとう》と体罰は、万治の心をぼろぼろにし、とうとう堪《こら》えきれなくなり、主人を刺し殺したのだ。それが三日前のことだった。川に身を投げたが死にきれず、いままで江戸の町をさまよっていたようだ。

役人の前で万治が告げた経緯《いきさつ》を、番屋から出てきた小出彪助《こいでひょうすけ》がふたりに告げた。

着流しに二本差しの姿で、供も連れていないが、身分の高さはひと目でわかる。捕り物に加勢してくれた侍は、小十人頭《こじゅうにんがしら》を務める千石《せんごく》取りの旗本《はたもと》だった。

さすがに町方役人や岡ッ引が相手では、何かと面倒だ。小出が表に立って万治を引き渡してくれたおかげで、イオの力を世間にさらさずにすんだ。

小出が番屋にいたあいだ、央介とイオは近くの茶店で待っていた。

「万治って男、やっぱり打首ですかね」

「奉公人が主人を殺したのだ。どのような理由《わけ》があろうとも、死罪は免れまい」

武士は素っ気なくこたえたが、央介はやるせないため息をついた。

御上の法は、儒教の教えに則《のっと》っている。親や主人など目上の者に害を為すと、ことさら厳しい罰が下る。けれど万治の側に立ってみると、若い央介にはどうにも割り切れない。

「御法とは、人が人であるための、証しのようなものだ」

「人の、証し……」

「さよう、ここを踏み越えては人ではなく獣《けだもの》だと、示された線だ。越えれば、あたりまえの暮らしなぞできようはずもない」

犯した罪に慄《おのの》きながら、己は悪くないとくり返していた。たとえ逃れ果《おお》せたとしても、万治の行く末に安楽な道はない。小出はそう断言した。

央介の頭に、鯨の勇五郎の姿が浮かんだ。御上が禁じる夜鷹の元締めとして、やはり法を犯しているが、勇五郎にその影はない。あの大きなからだの腹の内に、自らの法をしっかりと抱えているからだ。

この侍もまた、イオの目に欠片《かけら》も動じない、稀有《けう》な者だった。

当のイオは、好物の団子を腹に収めて満足そうにしていたが、そろそろ飽いてきたようだ。見越した央介は、話が一段落すると腰を上げた。

「小出さまのおかげで、助かりました。親父ともども、後日改めてお礼に伺《うかが》います」

「礼には及ばんが……ひとつ、たずねたいことがある」

「何でしょうか？」

「その娘、もしや睦月の里の民ではないか？」

退屈に、もじもじしはじめていたイオの尻が、ぴたりと止まった。

「ほう、その旗本は、睦月童に会《お》うたことがあったのか」

菊見はまた日を改めることにして、小出彪助と別れたふたりは本所吉田町に向かった。央介とイオの話に、ふんふんとうなずきながら、鯨の勇五郎は熱心にきき入った。

「いや、子供じゃあなく、どうやら若い女のようで」

「おルイさんみたいな、ということか？」

ルイが睦月の里へ旅立ったのは四月の初めだから、すでに半年ほどが経つ。懐かしく思い出しながら、央介はうなずいた。

小出が会った女は、ナギといった。

「ひょっとして、その旗本も……あの掛井屋という若旦那と、同じか？」

「その辺は、はっきりしねえんでさ。詳しい経緯は語らずじまいで、こっちから根掘り葉掘りきくのもはばかられて……」

「相手が千石取りの殿さまではな」と、勇五郎も苦笑する。

「ただ、まんざらなくもねえ話だと思えますがね」

ルイは掛井屋順之助と出会い、深い仲になった。同じように小出彪助も、ナギと恋仲になったのではないか――。しかし表情に乏《とぼ》しい怜悧《れいり》な顔からは、昔の恋の甘酸っぱさなど欠片《かけら》も見えず、央介には確かめる術《すべ》がなかった。

「十年くらい前の話だと、きき出せたのはそれだけでさ」

「十年……」と、勇五郎はちらりとイオを見た。

その視線で、央介も気がついた。イオは十歳になる。十年ほど前に関わっていたのなら、小出彪助がイオの父親ということも考えられる。突拍子《とっぴょうし》もない見当だが、なくもない話だ。さっきの侍と似たところがあるだろうかと、ついまじまじとイオを見詰めた。

「何だ、おーすけ、おらの顔に何かついてるだか？」

「そばかすが、また増えたなと思ってよ」

鼻の頭をつんと小突《こづ》き、そうごまかした。己の父は睦月神《むつきがみ》だと、イオは信じているようだ。歳よりずっと小さく見えるこの少女に、よけいな困惑を与えたくはなかった。

イオもまた、ナギという女を知らず、少なくともいまの睦月の里にはいないようだ。

「そういえば、睦月の民はそれぞれ違った力を備えているのであろう。おナギといったか……その女は、どんな神通力を見せたのだろうな」

「ああ、それだけは教えてもらいやした」

「おらとな、ちょっと似ているだ。やっぱり鏡の力でな」

央介が何を言うより早く、イオが横からかっさらう。

「鏡、というと……人の心の裡《うち》を、映すということか？」

「んだ。だどもその里人は、おらのような人の罪ではなく、大事な思い出を映すそうだ」

「大事な、思い出……」

その者の根幹を成すほどの大切な出来事だが、いつのまにか忘却の彼方《かなた》に去ってしまった。そういうたぐいの記憶だと、央介が口を添える。ほう、と勇五郎が感心した。

「そのような思い出を辿ることができれば、さぞかし懐かしいだろうな」

「それが……小出さまの話じゃ、良いことばかりでもねえんでさ」

「というと？」

「良い思い出ならば懐古ですむが、そうではない者もいるって……」

小出の語ったそのままを、央介は伝えた。

「つまり……人によっては思い出したくないことを、無理に掘り返される。そういうことか？」

ええ、と央介はうなずいた。

「なるほど……それは罪をさらされる以上に、辛いことかもしれぬな」

人は辛いことと悲しいことを、無意識に忘れようとする。そうしなければ、生きてはいけないからだ。たとえ忘れても、心に穿《うが》たれた傷は消えない。それでも目を背《そむ》けていなければ、日々を過ごしていくことすらできない。

「人とは、弱いものだからな……いきなり己の暗さを見せられては、さぞかし参ってしまうだろうな」

夜鷹という、いわば世の中の底辺にいる女たちを間近で見ている勇五郎には、他人事《ひとごと》とは思えぬようだ。ふうう、と長いため息をつき、力士のような大きなからだが少しばかりしぼんだ。

「おいちゃ……」

「おお、すまんな。柄にもなく、湿っぽくなってしもうたな」

気遣わしげな視線を払うように、勇五郎はイオを抱き上げ、膝に乗せた。

「おれたち、小出さまから頼み事をされやしてね」

気分を変えるように、央介は言った。

「頼み事とは、何だ？」

「イオの力を、貸してほしいと。あるお武家を、イオの目で見てもらいたいと」

「そやつが何か、罪を犯しているのではないかと、そういうことか？」

おそらく、と央介が応じる。

「相手は？」

「こちらもやはり千石取りで、御書院番組頭《ごしょいんばんくみがしら》の氏家東十郎《うじいえとうじゅうろう》という御旗本です」

「なるほど、大物だな」

大丈夫かと案じるように、勇五郎は膝の上の子供を見下ろした。

三味線《しゃみせん》の音と芸者衆の嬌声《きょうせい》が、絶え間なく響いてくる。

その中で階段に近いこの二階座敷だけは、しんと静まりかえっている。

「本当に、危ないことはないのかい？　イオさまに万が一のことがあったら、首を括《くく》るくらいでは詫びのしようがないからね」

「親父もしつこいな。おれたちの身は何をおいても守ると、小出さまが請け合ってなさる。神道無念流《しんとうむねんりゅう》を極めた凄腕だぞ」

最前から同じ心配をくり返す平右衛門に、央介が口を尖《とが》らせる。母親のお久もやはり不安そうにしているが、その横に座るイオは、他人事のように昆布の佃煮《つくだに》と大根の和《あ》え物を熱心についばんでいた。

この日、国見屋一家は、江戸でも指折りとされる浅草の料理茶屋にいた。

「でも、こんなふうに外で料理をいただくなんて、久しぶりですね。これからもちょくちょく、出掛けましょうね」

父にはつい強気に出るが、母親のしみじみとした口調には、央介も弱い。国見屋は、新川の下酒問屋だ。内証も豊かで、央介が小さい時分はよく一家で遊山に出たものだが、祖父が逝《い》ってからは両親が忙しくなり、そのうち央介が荒れ出して遊山どころではなくなった。ちょっと申し訳ない思いにかられ、央介は照れ隠しに自分の鉢をイオの膳に載せた。

「おまえ本当に昆布の佃煮が好きだな。おれの分も食っていいぞ」

イオの顔が嬉しそうにほころんで、だが箸をつける前に、時の鐘が響いた。

「刻限だ」

央介の顔が引きしまった。時の鐘を合図に、動く手筈《てはず》になっていた。

案じ顔の両親を残し、央介はイオを連れて廊下に出た。

「いいか、イオ。二階のいちばん奥の座敷だ」

階段上の踊り場から、廊下の奥を指さした。廊下はコの字を成しており、角を二度曲がると目当ての部屋にいきつくことになる。

「少し足をゆるめろよ。おれが追いつけねえからな。追いかけっこしていると、向こうにわからせなけりゃならねえんだぞ」

わかったと、イオは大きくうなずいた。央介がすっと息を吸い、そして叫んだ。

「こらあ、待てえ、おイオ坊！」

大きく両腕を上げると、きゃあ、とやはり大げさな声を立て、イオが走り出した。

「待て待て、待てぇ」と央介が追いかける。どたどたと遠慮会釈《えしゃく》のない足音と声に、驚いたようにいくつかの障子が開いたが、ふたりの背中を見送るしかできない。

「店ん中を走りまわるなって言ってるだろうが。いい加減おとなしくしねえか！」

最後の角を曲がると、央介はことさらに声を張り上げた。イオはちらとふり返り、いちばん奥の障子戸をあけ、中にとび込んだ。央介も間髪《かんはつ》いれず後に続く。

十畳ほどの広い座敷に、ふたりの武士が向かい合っていた。

片方は小十人頭の小出彪助、もうひとりが書院番組頭の氏家東十郎であろう。しかし二重の意味で予想を裏切られ、央介はその場にぼんやりと突っ立っていた。

氏家の歳はきいていなかった。何となく小出と同年か、もっと若い侍を見当していたが、半白の髷《まげ》から察するに、父親の平右衛門よりも年上、たぶん五十くらいだろう。

そして、イオと目を合わせた氏家東十郎には、何の変化も起こらなかった。眉をひそめるくらいは誰でもするが、深く穿《うが》たれた顔のしわ一本も動かない。小出彪助も同様だが、逐一面《ちくいちおもて》に出していては、武家の当主など務まらないのかもしれない。ただ、小出とは違う何がしかの違和感を、央介は感じていた。

「何事か、騒々しい！　町人の分際で、武家の寄合に水をさすとは、いったいどういう了見《りようけん》か！」

即座に小出が叱りつけ、央介は慌ててその場に這いつくばった。

「申し訳ございません！　妹がちょろちょろと落ち着きがないもので、つい……子供の粗相故《ゆえ》、なにとぞお目こぼしを！」

「たとえ歳がゆかぬとも、無礼は許さんぞ！　そこの童《わっぱ》、いい加減頭を下げぬか」

小出がイオをにらみつけ、終わりの合図だと察した央介が、急いでイオの頭を畳に押さえつける。

「もうよかろう、小出殿。事を荒立てるのも大人気ない」

口ぶりは穏やかだが、声は硬い。そのずれが、央介には収まりの悪さを感じさせた。

それでもイオの目に動揺を見せぬなら、罪とは無縁ということだ。

小出の思惑からすれば、面通しは不首尾に終わった。

やがて遅まきながら駆けつけてきた平右衛門が、息子たちの不始末に重々詫びを入れ、三人一緒に座敷を辞した。

「いくらお武家さまの頼みとはいえ、寿命が縮む思いがしたよ」

やれやれと平右衛門は息をついたが、刀を抜かれる覚悟もしていたから、央介としては拍子抜けだ。いくぶん気落ちぎみに、母親のとなりで残った料理に箸をつけた。

事は、その後に起きた。

勘定をすませ、国見屋一家が階段を下りたときだった。玄関に近い座敷から、若い武士が出てきた。たちまちその喉から悲鳴がほとばしり、廊下にどさりと尻を落とした。武士が凝視しているのは、イオの目だ。

「どうした、源九郎《げんくろう》。何が……」

続いて中から顔を出した壮年の武士が、やはりイオの目に釘付けになる。いかにも武術に秀でていそうな厚みのあるからだが、ゆらりと揺れた。叫び出さぬよう、必死に堪えているようだが、内面の混乱は手にとるようにわかる。

「もしや、お武家さまは……」

央介が言いさしたのは、その玄関脇の座敷が、従者のための控えの間だと気づいたからだ。しかし確かめるより早く、背中から声がかかった。

「また、おまえたちか。今度は何だ」

小出がことさらの渋面《じゆうめん》をつくり、央介はそっと目配せした。廊下にへたり込んでいる若い侍は、つつけば洗いざらいこの場でぶちまけそうだ。だが、その口を塞《ふさ》ぐように、落ち着き払った声がとぶ。

「篤蔵《とくぞう》、源九郎、何をしている。ゆくぞ」

「……かしこまりました……源九郎、しっかりいたせ」

真っ青な顔のまま、それでも壮年の武士は若い侍を助け起こし、主人に従う。

央介の見当どおり、ふたりは氏家家の家臣だった。

「悪さをしていたのはご当主さまではなく、ご家来衆ですかね？」

翌日、ふたたび小出と会った央介は、そう切り出した。

「そうかもしれぬ……だが、どうも解《げ》せぬな」

小出が呼び出したのは、新川からもほど近い、日本橋茅場町《かやばちょう》の甘味屋だった。

といっても、この前のようなよしず張りの茶店ではなく奥座敷もある店で、京風の丸餅を入れた汁粉を売りにしている。小出は汁粉もふるまってくれたが、相変わらず食の細いイオは、団子だけで満腹になり、結局央介が二杯腹に収めた。

「あの御書院番組頭の家で、何が起きているんです？」

先日は遠慮が先に立ち、きけなかった。たずねると、実はな、と小出も話し出した。

「あの家で、神隠しが起きているというのだ」

「神隠し？」

怪訝そうな央介に、小出はまじめな顔でうなずいた。

「ここ五年ほどのあいだに、屋敷の奉公人が六人、欠け落ちている」

欠け落ちとは、男女の道行《みちゆき》ではなく、いわば出奔《しゅっぽん》である。氏家家から黙っていなくなり、行方知れずになったということだ。

「単に奉公人のあつかいが悪くて、堪えきれずに逃げたってことじゃあねえんですかい？」

「それも考えられるのだが、六人ともに実家《さと》にも戻っていないのだ。これはおかしいと騒ぐ身内がおってな、氏家の本家に訴えてきた。おれはその本家と少々縁があってな」

「なるほど、そちらからの頼まれ事ですかい」

氏家の本家は三千二百石の家柄で、当主は勘定奉行《かんじょうぶぎょう》の職にある。もちろん本家として意見をし、行方を探すよう促《うなが》したが、堪え性《こらしょう》のない奉公人なぞいない方がましだと、分家の当主は意に介さなかった。

「ですが、ご本家が手をつかねているものを、他人がどうこうしようってのは、どだい無理な話じゃありやせんか？」

「御勘定奉行は、どうやら東十郎殿が苦手なようでな」と、小出は口の端をゆがめた。

氏家東十郎は、まじめで謹厳《きんげん》な人柄だが、その分、融通がきかず人づきあいも好まない。それでも剣の上手と、清廉潔白な人柄を見込まれて書院番組頭に抜擢された。氏家の分家はもともと四百石の家柄だ。千石の役目に就いたのは、当主の才覚が認められたという証しだろう。だが一方で、欠け落ちが増えたのは、その頃からだった。

文官たる勘定奉行には、昔ながらの武官を絵に描いたような東十郎をどうあつかってよいかわからない。とはいえこれ以上神隠し騒ぎが大きくなれば、本家の威信にも傷がつく。小出彪助を頼ったのは、そういう経緯のようだ。

内々で氏家家について探っていたが、その最中《さなか》にイオと出会った。ひとつ仕掛けてみようかと、思い立ったという。

「ともかく鍵は、ふたりのご家来衆でさ。年嵩《としかさ》の方は口を割りそうにありやせんが、若い方ならきっと……」

壮年の男は、柴篤蔵《しば》、当主の東十郎とは乳兄弟にあたり、用人として長く氏家家に仕えている。もうひとりは中田《なかた》源九郎、まだ二十代半ばで、氏家家に入って三年ほどになる。すでに調べあげていたらしく、小出はふたりの家臣について述べた。

「そうだな……この子にもう一度、引き合わせてみるか。すまぬが頼めるか」

と、小出は、イオに顔を向けた。この手のことに頓着《とんちゃく》しないイオが、めずらしく気が進まないように眉間《みけん》を寄せた。

「おら、あの人怖えだ」

「怖いって、氏家さまが声《こえ》か？」

うん、と央介にうなずいてみせる。

「まるで、初めて案山子《かかし》を見たときみてえだった」

「案山子、だと？」妙なたとえに、央介が首をひねる。

「人の形をしてるのに、中身は藁《わら》だった。おら、びっくりして、泣いちまっただ」

人だと思っていたものが、人ではなかった。まだ小さい時分で、それまで人形というものを知らなかったイオには、ひどく恐ろしく思えたという。

氏家東十郎と目を合わせたとき、何故だか同じ恐怖に襲われた。

「睦月の民は人一倍、勘も鋭いときいた。やはりあの男には、何かあるやもしれぬな」

「ご当主のお身内なんぞは、どんなようすなんです？」

「氏家東十郎には、身内はいない。六年前に、ご妻女を亡くしていてな……初の御《お》子《こ》ができた矢先、腹に何か障《さわ》りがあったようだ」

母子ともに命を落としたと、気の毒そうに小出は語った。

「親御さまや、ご兄弟は？」

「そちらも皆、他界している。どうも身内の縁のうすい御仁《ごじん》でな」

産みの母は、産後の肥立《ひだ》ちが悪かったらしく、次男の東十郎を産んですぐに亡くなった。幸い物心つく前に新しい母ができ、東十郎もよくなついたが、この継母も十三のときに流行《はや》り病で先立った。同じころ同じ病で、十歳年上の兄も亡くしている。次男の東十郎が嫡男《ちゃくなん》となり、氏家家を継いだのである。

父親だけは天寿をまっとうし、十五年ほど前に往生したという。

「そうまで身内に運がねえとは、おかわいそうな方ですね」

央介が、声を落とした。央介の歳にはすでに、氏家は親しい身内を三人も失っている。

この前の料理茶屋での団欒《だんらん》が、ふわりと浮かんだ。あたりまえの景色こそ、失ってみて初めて、何より大事なものだとわかる。

一方の小出は、いまの話から違うことに気づいたようだ。

「古い話故《ゆえ》、此度《こたび》の神隠しには関わりがないように思えていたが……その辺りからもう一度、調べ直してみてもよいかもしれぬな」

不幸の連鎖は、何がしかの影を落とす。めぐりめぐって、氏家家で起きる怪奇と結びつくかもしれない。屋敷に仕える家臣なら、その辺りの仔細にも詳しかろう。

「どちらにせよ、まずは中田源九郎にあたってみよう」

あの若党とイオを、再度会わせてみる。

その手筈を整えるから、二、三日待ってくれと小出は告げた。

だが、国見屋に呼び出しの文が届いたのは、翌日だった。ずいぶんと早く段取りがすんだものだと、イオを連れて小出家に赴くと、小十人頭はめずらしく色を失っていた。

「中田源九郎が、屋敷から消えた」

「消えたって、まさか……」

「また、神隠しだ」

「急に屋敷を出奔したと、氏家東十郎はそのように申しておるが……」

奉公人たちは、神隠しに違いないと、浮き足立っているという。

「やっぱり、妙ですね……」と、央介が考え込んだ。

イオと出くわしたときの若党のようすは、明らかにおかしい。殊に中田源九郎の怯《おび》えようは尋常ではなかった。

「平たく言や、口封じに消された……そう考える方が合点《がてん》がいきます」

そうだな、と小出も同意を示す。

「……もしそうなら、おらのせいだ」

傍《かたわ》らからイオが、蚊が鳴くように呟いた。

「おらが脅かしたから、あの若いお侍さは……」

「何言ってんだ。おめえは何も悪くねえ！」

つい、強い口調で叱りつけると、イオは屈託《くったく》ありげに下を向いた。

「おら、こんな力、嫌だ……」

「イオ……」

「ルイのような先読みなら、皆に喜んでもらえるのに……どうして睦月神さまは、おらにこんな力を与えただ」

イオが自分を卑下《ひげ》するなど初めてだ。柄が小さいこともあり、子供だからとどこかで侮っていた。たとえものの道理がわからずとも、いや、わからないからこそ受ける傷も大きい。自分に怯え、度を失う者たちを、イオはどんな思いで見てきたのだろう。

「すまねえ、イオ……おれが考えなしだった。考えなしに、おめえに鏡の力を使わせていた」

イオは不思議そうに、央介を見上げた。

「だが、もう二度とさせねえ。罪人《つみびと》かもしれねえ奴の面通しなぞ、金輪際《こんりんざい》させねえ」

「だどもそれが、睦月童としての、おらの役目だで……」

「イオはおれのために、江戸に連れてこられた。おめえの役目は、とっくに終わってるんだ。これからは、ただのイオとして暮らせばいい」

「ただの、イオ……」

「そうだ。一緒に江戸見物をして、大好きな鯨の親分に会いにいって、あとは国見屋で安穏《あんのん》としてりゃあいい。イオはおれの横で、笑っていればいいんだ」

「おーすけ……」

大きな目から、湧き出す泉のように涙があふれた。泣きじゃくるイオの頭を、央介はそっと撫でた。

睦月の里と違って、この江戸には罪があふれている。難儀な思いをしたのだろうが、それだけイオの心も大人に近づいたのかもしれない。それを思うと、央介の胸は熱いものでいっぱいになった。

「小出さま、おれはこいつと一緒に、人の罪をずっと見てきました」

央介は、改めて小出に向き直った。

「人を殺したり、盗みを働いたり……実を言えば、おれもそのひとりです」

「……さようか」

表情を動かすことなく小出は受けて、それ以上、質《ただ》すこともしなかった。

「たった三両、店の金をくすねただけの者や、中には神仏に他人の死を願ったという、ただそれだけの者もいた。なのに皆、こいつに罪を映されてとり乱しました」

罪の多寡《たか》にかかわらず、人はイオの鏡の力に怯えた。長くそれを見てきたが、ここにきて央介は、ようやく鏡の正体に気がついた。

「イオの力は、罪を映すのではなく、そいつの中にある申し訳なさや悔やみを映す。おれにはそう思えます。つまりは、人の良心でさ」

驚いたように、イオが顔を上げた。央介はイオを見て、微笑んだ。

「慰めでも方便でもねえ、そう考える方が辻褄《つじつま》が合う。おめえの鏡は罪じゃあなく、人に残った人らしいところを映すんだ。人にとっていちばん大事な、あったかい心だ」

「あったかい、心……」

涙が止まり、明るい希望のようなものが、そばかすだらけの小さな顔にさした。

「何よりも、イオ。ルイさんにもナギさんにも、できねえことがおまえにはできる」

「それ、何だ？」

「いまを変えることだ。現に、おれはおまえに救われた」

先を読むルイも、思い出を映すというナギも、現在《いま》を変えるには至らない。過去は過去でしかなく、未来は漠然としたものだ。己の罪に怯え続ける、いまを映すからこそ、イオの力には価値がある。

梅吉も実太郎も、イオのおかげで改心した。先日捕まえた万治のように、必ずしも当人に良い方向にころがるわけではないが、だが、あそこで止めたからこそ、罪を重ねずにすんだのかもしれない。主人殺しという重い罪は、日が経つにつれ、万治の心を蝕《むしば》んでいったに違いないからだ。

「放っておいたら、地獄にまでころがり落ちたかもしれねえ。皆、イオと会ったおかげで、踏み留まることができたんだ。おまえが睦月神さまから授《さず》かったのは、何より尊い力だよ」

「とうとい……」

「そうだ。だから、イオ、おまえは胸を張っていいんだ」

ただでさえ大きな目が、ぐん、と広がった。イオの嫌いなお日様の光をいっぱい浴びたように輝いている。

「いまのおまえの話で、気づいたのだがな」

小出が言いさし、央介はふたたび居住まいを正した。

「御書院番がこの子の目を見て動じなかったのは、やましいことがないためと思うたが……ひょっとすると、人の心を失っておると、そうもとれるということか」

「それはわかりませんが……お武家さまは総じて、顔には出さない方々ですから」

「しかし、もしも後者であれば……人心を奪われるほどの出来事が、何事かあったに相違ない」

それは神隠しが頻々《ひんぴん》と起きるようになった、ここ五年のことではなく、もっと昔にさかのぼるのではないか。小出はそのように述べた。

「鍵はやはり、もうひとり残った家臣、柴篤蔵だが」

と、小出がちらりとイオを見る。さえぎるように、央介は急いで言った。

「小出さま、あのお侍には、いくら脅《おど》しても無駄じゃあねえかと……逆に、情に訴えてはいかがでしょう」

「あの男に残った良心に、揺さぶりをかけるということか」

はい、と央介がこたえ、小出も納得を見せた。

小出彪助が、牛込《うしごめ》にある氏家東十郎の屋敷を訪れたのは、それから数日後のことだった。

日はすでに落ちていて、二本の燭台《しょくだい》がともる座敷に、ふたりが向かい合う。

障子と縁を隔《へだ》てた庭先で、央介とイオは固唾《かたず》を呑んでいた。

十月の宵は、結構冷える。出がけに父の平右衛門が、ことさらぶ厚い綿入れを着せたから、イオは梟《ふくろう》のように丸くなっている。

小出が難なく切り抜ければよいが、いざというときのために、ふたりはここに陣取った。

「夜分に申し訳ござらん。貴殿と、腹を割ってお話ししたき儀がござってな」

長々しい挨拶がすむと、小出彪助はそう切り出した。

「このところ当屋敷で、神隠しが相次いでおるとききましたが……幾日か前も、若党がひとり消えたそうですな」

「奉公人がたまたま、堪え性のない者ばかりでござってな。とはいえ雇い人のしつけもまた、主《あるじ》の務め。それがしの不徳と、肝に銘じておりまする」

「単なる出奔ではないと、そのような噂もあり申す。当家をことさらに案ずる方々も、噂に心を痛めておりましてな」

「……やはり、本家よりの差し金か」

顔は見えないが、声音《こわね》には皮肉が込められていた。

江戸川に面したこの辺りは武家屋敷ばかりで、夜ともなると野良犬さえ遠吠えをはばかるような、ことさら寂しい場所だ。おかげで障子越しの声も、くっきりと届く。

氏家の問いはきこえなかったかのように、小出は続けた。

「欠け落ちが目立つようになったのは、五年前。ちょうど貴殿がいまのお役目についたころですが……それより一年ほど前、奥方が身罷《みまか》られたそうにございますな」

氏家からは何も返らず、よく通る小出の声だけが届く。

「きけば奥方は、初めての御子を身籠《みごも》られていたとか……」

夫とは十六の開きがある若い妻だったが、三十半ばにかかるまで子供には恵まれなかった。十五年も待った上で、ようやく授かった子宝だというのに、何故か夫は喜んだ気配を見せず、ほどなく妻はこの世を去った。

「むろん、めでたきことではありましたが、いい歳をしてそれをあからさまにするなど、恥ずかしいふるまいですからな」

何の抑揚《よくよう》もない、低い声だった。めでたいという言葉が、初冬の宵と同じほど、ひどく寒々しくきこえる。つい央介は、梟のように着ぶくれたイオを、火鉢代わりに背中から抱え込んだ。

「なるほど、さすがは氏家殿。立ち居ふるまいも、まっすぐなご気性も、武家の鑑《かがみ》と謳《うた》われるだけはある。その折り目正しさを、屋敷の内にも求められたのですか？」

「何か、含みがあるのか、小出殿」

「神隠しに遭《お》うた者たちは、おしなべて粗忽者《そこつもの》だったようですな。とはいえ他家であらば、大目に見るくらいの不足ですが。それがこちらの屋敷では、中間《ちゅうげん》すらも目を見張るほどに行儀が良い」

然《しか》るべきしつけを、他家では怠《おこた》っているのだろうと、氏家はこたえた。だが中間などは、己の不品行を誇るような者たちだ。その中間たちでさえ、この屋敷では鳴りをひそめている。立て続けにふたり、神隠しに遭っているからだ。

「雇い人にすら厳しい方だ。むろん奥方にも、人一倍の貞淑《ていしゅく》を求められた。その奥方に、疑いをもったのではありませぬか？　太閤《たいこう》秀吉が晩年に授かった子には、後々までよからぬ噂がつきまとった。同じ疑いを、奥方に抱かれたのでは……」

「亡き妻を、貶《おとし》めるつもりか！　それ以上の暴言は許さぬぞ」

氏家が、初めて声を荒げた。それでも小出彪助は怯《ひる》まない。

「貴殿がかような疑心に憑《つ》かれたは、母上を思い出されたからではありませぬか？　産みの母御ではなく、後添《のちぞ》いになられた母君です」

違う話題に用心するように、氏家が黙り込む。

「貴殿が、四つの折に屋敷に入られた。新しい母君には懐《なつ》いておられたようですが、十三の歳に流行り病で亡くなられたそうですな」

「いかにも」

低い声が告げ、何故だか座敷内の緊張が、高まったように思えた。

「同じころ、もうひとりお亡くなりになった。当時、嫡男であった、貴殿の十歳上の兄上です」

「母と同じ病でな」

「いいえ、母君と兄君は、斬られたのです」

凛とした小出の声が、打つように座敷に響きわたった。ごくりと、央介が唾を呑んだ。

「ふたりを斬ったのは、お父上だ。なさぬ仲とはいえ、ふたりは母子の間柄で不義を働いていた。それを父君に知られて、有無を言わさず成敗された」

妻の不義密通は大罪だ。しかも相手が息子となれば、その場で斬り殺されても文句は言えない。物笑いの種になろうから決して他言はしまいが、たとえ御上に届けても罰せられることはない。

「……ですが、実のところは、成敗したのは父君ではなく、息子のあなただった」

え、と央介は、耳を疑った。小出から、仔細をきいていたわけではない。義理の母と実の兄の関係さえ、いま初めて知ったのだ。思わずイオを抱いたまま、身を乗り出していた。

「父君の留守に、母上と兄上は逢瀬《おうせ》を重ねていた。それが潔癖な貴殿には、我慢がならなかった。ふたりを殺《あや》め、そして、すべてを知った父君も、咎《とが》めることをしなかった」

「咎める、だと？」

障子の向こうにある燭台の灯りが、その瞬間、たしかにゆらりと揺れた。

「母は不貞《ふてい》を犯し、兄は父を裏切った。非は明らかに向こうにあり、咎められる謂《いわ》れなどどこにもない。現に父上も、ようやったと褒めてくださり……」

「哀れよの、東十郎殿」

さえぎった声は、憐憫《れんびん》と侮蔑《ぶべつ》に満ちていた。

「齢《よわい》十三で身内を手にかけ、責めも咎も受けなかった。あなたはそのときより、少しずつ壊れていった」

神隠しは、このころから時折起きていた。ただ、頻繁ではなかったために、目に立つこともなかった。しかし六年前、腹の子とともに妻が死に、まるで褒美のように、氏家は書院番組頭の役目をたまわった。それ以来、歯止めがきかなくなった。

「猜疑《さいぎ》にかられ、他者《ひと》を許さず、まるで己が神のごとく人を罰する。そうして化け物に成り果てた。ただ、人の血を求め、刀をふるう。いまのあなたは畜生《ちくしょう》にも劣る、恐ろしき魔物に過ぎん」

「言いたいことは、それだけか」

「いや、もうひとつ。それがしは今宵、魔物退治に来た」

小出が傍らに置いた刀をとり上げたのだろう、かすかな物音がした。同じ音が、氏家の側からもする。

「なるほど、本家の当主には、その腕がないからな。小十人頭に、泣きを入れたというわけか」

障子に映った、ふたつの影がゆっくりと立ち上がった。察した央介はイオを抱き上げ、急いで庭の奥へと場所を移す。ふたりは座敷が正面に見える、大きな繁みの陰に身をひそめた。同時に、固い金属音が、内から響いた。

燭台の炎が、意思をもって揺らめいてでもいるように、ふたつの影が躍る。おどろおどろしい影絵が、不気味に映った。まるで人を食う魔物が、本当にこの世に現出したようだ。

二度、三度、影は近づいては離れ、正面の障子が、いきなりすっぱりと斜めに裂かれた。

芝居の大道具のように倒れ落ちる障子戸を、蹴破るようにして小出が庭にとび出した。すぐさま氏家が後に続く。屋内では長刀は邪魔になる。どちらも脇差《わきざし》を抜き身にしていたが、小出はこれを投げ捨てて、手に握っていた刀を抜いた。氏家がやはり倣《なら》い、刀を構えたふたりの足袋《たび》が、同時に地を蹴った。

きいん、と刃のぶつかる音が、抜けるように暗い空にこだました。

若い小出の方が、明らかに動きは速い。しかし氏家は、隙のない老練な剣さばきで少しもひけをとらない。

「この分じゃ、どっちが勝ってもおかしくねえ。小出さまが殺《や》られちまったら、おれたちまで刀の錆《さび》にされちまうぞ」

央介がにわかに慌て出したとき、座敷の奥に、別の人影が現れた。

中背のがっしりとしたからだつきは、屋敷の用人、柴篤蔵だった。

「殿！」

「篤蔵か！」

用人に応じ、その一瞬の隙を見逃さず、小出が鋭く打ち込んだ。しかし氏家はこれを受け、がっちりと絡み合った二本の刀が、ぎりぎりと歯嚙みする。

「篤蔵、こやつを斬れ！」

主の命に、家来はわずかにためらう素振りを見せた。それでもゆっくりと腰の刀を抜く。

「何をしておる、篤蔵。わしが押さえておるうちに、早《はよ》う、こやつを！」

押し合う力が拮抗し、どちらも動きようがない。

庭に下りたものの、柴篤蔵の顔には、明らかな迷いが浮いていた。

――まずい！

央介の背に、冷たいものが音を立てて這い下りた。感じたのは、死の恐怖だった。

小出が敗れれば、自分たちも後がない――。

その恐怖を読みとったように、イオがすっくと立ち上がった。

繁みから頭を出し、切り結ぶふたりの侍越しに、まっすぐに柴篤蔵を見詰めた。

「おいちゃ！　おらの目を見ろ！」

立ち尽くしていた家臣に、動揺が走った。

「おらの目が光って見えるなら、それはおいちゃの良心だ！」

「イオ……」

篤蔵は、座敷の灯りに背を向けている。央介からは陰になっていたが、えらの張った無骨な顔が、たしかに泣き出しそうにくしゃりとゆがんだ。

「殿、御免！」

胴の厚い用人のからだが、まっすぐにふたりに突っ込んで、体当たりした。

「篤、蔵……おまえ……」

左脇から串刺しにするように、刀は主の腹を貫いていた。

「お許しください、殿……これが私めの、最後の御奉公にござります」

さようか、と、ため息のようなこたえが、氏家東十郎からもれた。

「……これまで、大義であった……よう、務めてくれた、篤蔵……」

「殿……！」

主従の名残《なごり》を断つように、外した刀を小出がふり上げた。刀の切っ先が、眉間に叩きつけられるより早く、央介はイオをしっかりと抱きかかえ、目をつむった。

ふたたび目をあけたときには、氏家はすでに事切れていた。けれどからだは、ぶらりと宙に佇《たたず》んでいる。柴篤蔵が、腹に刺さったままの刀一本で主を支えていた。

「小出さま、どうぞとどめを……私めが乱心し、殿を手にかけた。御上には、どうぞそのように……」

「そちの忠義、しかと見届けた。その志、無駄にはせん」

氏家の本家に伝え、篤蔵の告げたとおりに万事とり計らうと、小出彪助が神妙に約した。

「おいちゃ……」

小さな呼びかけに、篤蔵がふり返った。

「不思議なことだ……もう、おまえの目が光っては見えぬ」

「そいつは……お侍さんの気持ちが、救われたためでさ」

そうか、と央介に応じて、かすかな笑みを浮かべた。

主の命とはいえ、四十年近くものあいだ、この男は悪事に手を貸していた。氏家の屋敷は、江戸川に面している。主人の斬り捨てた亡骸《なきがら》を船に乗せ、江戸川から大川を経て、引き潮を見計らって海に捨てた。

消えた中田源九郎も、これに加担していた。ただ、若い源九郎には、耐えられなくなっていたのだろう。イオに会い、罪に怯え、自ら屋敷を逃げ出そうとした。主は許さず、源九郎を始末して、遺体は柴篤蔵がひとりで海にはこんだ。

それでも央介は、この家臣を責める気にはなれなかった。

「おまえたちは、先に行け」

用人の最期を、イオに見せたくはないのだろう。小出がそう促した。

「あのとき、おまえが出てこなければ、命を落としていたのはおれの方かもしれぬな」

待たせていた屋形船に落ち着くと、小出は礼を述べた。

江戸川縁から漕ぎ出した小出家の船には灯りがともり、小さな火鉢も据えてある。央介とイオは、冷えきった両手を火鉢にかざした。

あのときは両者ともに動けなかった。選択はふたつにひとつ。柴篤蔵は、小出を討つこともできたはずだ。その迷いが、央介の背筋を凍らせた。

「あのおいちゃ、悪い人には見えなかっただ」

イオのしょんぼりを打ち消すように、央介が明るく言った。

「もう二度と、こんなことはさせねえよ。師走《しわす》まで、うんと遊んで暮らそうな」

紅葉《もみじ》狩りだの雪見だの、あれこれと遊山の目当てをならべると、イオも笑顔になった。

楽しい話題に興じていたが、ふと顔を上げると、小出の瞳とぶつかった。何がしか意味有りげな、憂いを含んだ眼差《まなざ》しだった。

やがて船は新川に着き、イオが身軽に船着場にとび乗った。

続こうとした央介に、小出が小声で言った。

「師走ときいたが……あの娘を睦月の里に帰すのはやめておけ」

え、と央介は、組頭をふり向いた。

「イオを帰すなって……どうして？」

「睦月の里は、神の住まう場所なぞではない。あれは、呪われた里だ」

それ以上はきくなと、小出の顔は言っていた。

央介が岸に降り、船はゆっくりと離れていく。

「呪われた……里……」

先ほど逃れたはずの魔物が、後ろに立っているような、ひそやかな恐怖が忍び寄る。

「おーすけ」

後ろから名を呼ばれ、思わず、ひゃっ、ととび上がった。

「びっくりさせるなよ、イオ」

「びっくりなぞ、させてね。明日はどこに行くか、きこうと思っただけだ」

「あ、ああ、そうだな……そろそろ三座の千秋楽だし、ひとつ芝居と洒落込むか」

「おら、芝居なんぞ見たことねえだ！」

うわあい、とイオが、諸手《もろて》を上げて央介のまわりをとびはねる。

イオの手を引いて土手を上がり、央介は川をふり向いた。

遠ざかる船灯りと櫂《かい》の水音は、ゆっくりと闇に呑まれていった。

第五話　富士野庄

「実は、妙なことがわかってな」

仰いだ顔は、背後に広がる空の色にも負けぬほど、どんよりと曇っていた。

イオは日を嫌う。曇天《どんてん》をえらんで出掛けるのはいつものことだが、冬が近いせいか、見馴れた色のはずが、ことさらに凍えて映った。朗らかな鯨《いさな》の勇五郎《ゆうごろう》が、こんな表情をするのはめずらしい。訝《いぶか》しく思いながら、央介《おうすけ》は見当をつけた。

「もしや、イオのことですかい？」

勇五郎が猪首《いくび》をうなずかせたとき、少し離れた場所から、イオのはしゃぐ声があがった。大きな目を真ん丸にさせて、盥《たらい》を覗き込んでいる。中には横川で釣れた大《おお》鰻《うなぎ》が、ぬるりぬるりとうごめいている。しばらくこいつと遊んでやってくれと言いおいて、勇五郎は手下にイオを任せ、央介を横川の川端に誘った。

「あいつの耳には、入れたくねえことですか？」

「イオに隠し事は、通じぬかもしれんからな。いずれはわかるやもしれんが、ひとまずは、な」

気がかりなようすでイオをふり返ったが、ふたたびあがった歓声に目を細めた。

「話す前に、ひとつきいておきたいのだが」

「何でしょう？」

「小出彪助《こいでひょうすけ》という、千石《せんごく》取りの旗本には、あれから会《お》うたのか？」

「いや、いっぺんも」

「そうか……」と、勇五郎が顎《あご》に手をやって考え込む。

書院番組頭《しょいんばんくみがしら》、氏家東十郎《うじいえとうじゅうろう》の死から、半月が過ぎていた。

「ひょっとして親分は、おれが伝えたことを気にしていたんですかい？」

――あの娘を睦月《むつき》の里に帰すのはやめておけ。

――睦月の里は、神の住まう場所なぞではない。あれは、呪われた里だ。

日本橋新川《しんかわ》の船着場で、別れ際、小出はそう告げた。

イオには黙っていたが、空恐ろしく禍々《まがまが》しい言葉を、己の腹の内だけに留めておくことができなかった。央介は、誰より信頼している勇五郎にだけ明かしたのである。

「それで小出さまを、調べてくれたんじゃあ……」

いや、と勇五郎は、央介の見当を打ち消した。

「小出は確かに、睦月の里について何がしか知っておるのだろう。それも気にはなったが、わしが探っていたのは別のことだ。調べていくうちに、小出の名が出てきてな」

「別のことってのは？」

「おルイさんを里に帰した折、わしの手の者をつき添わせたことを覚えておるか？」

「もちろんです。あのときは、ありがとうございました」

勇五郎の世話になっている、三十半ばの堅気の夫婦者だった。道中ルイの世話をするようにと、勇五郎がつけてくれ、おかげで心おきなく臨月にあったルイを見送ることができたのだ。

「あの夫婦が、おまえのばあさまの実家《さと》に、ひと晩世話になったのを覚えておろう？」

へい、と央介が首をふる。富士野庄《ふじのしょう》と呼ばれる郷《さと》には四つの山があり、そのうち三つの山の裾には村がある。祖母の実家はそのひとつ、四郎山村で庄屋をしていた。

父の平右衛門《へいえもん》が託した文を夫婦は携えていき、おかげでたいそうよくしてもらったと、江戸に戻った夫婦から頭を下げられて、かえって恐縮した覚えがある。

「あの夫婦が世話になったとき、庄屋の家にもうひとり客がいたのだそうだ。旅の古着売りで、盛岡《もりおか》から仙台《せんだい》のあたりをまわっているが、仕入れのために年に何度か江戸に来る」

古着売りの行商人は、夫婦と馬が合ったようだ。江戸に上ったときにはぜひ寄ってほしいと住まいを教え、つい先だって、その男が訪ねてきたという。行商人は、耳寄りな話を夫婦にもたらした。

「あの辺りの領主が、替わったというのだ」

「領主って……陸奥《むつ》盛岡のお大名ってことですかい？」

「いや、あの辺はいわば飛地《とびち》にあたってな。さる旗本の知行所《ちぎようしよ》になっておるそうだ」

大名や旗本の所領は、城のまわりだけとは限らない。戦《いくさ》や功の褒賞《ほうしよう》として与えられた先祖伝来の土地もめずらしくはなく、一方で、大名の国替え、旗本の役目替えなども頻々《ひんぴん》と行われた。長きにわたりくり返されて、結果、いまの住まいから遠く離れた場所に領地をもつに至る。これを飛地といった。飛地は全国に星の数ほどあり、央介の祖母が生まれた富士野庄もまた、このたぐいのようだ。

「長年出入りしている古着屋の話では、富士野庄は、古くは京の宮家《みやけ》の血を引く、さる公家《くげ》が支配していたそうだ」

「何だって京のお公家さんが、盛岡の山奥に？」

「そのあたりはあまりに古すぎて、古老でさえもようわからんそうだ。なにせ源平合戦のころだとか、いや平泉中尊寺《ひらいずみちゅうそんじ》の建立《こんりゅう》よりもさらに前だとか、説はさまざまあるそうでな」

へえ、と央介は、さして気の入らない相槌を打った。

富士野庄は、いずれの村も米はほとんどとれず、村人はわずかな畑を耕して、雑穀《ざっこく》や蔬菜《そさい》を作っている。これだけでは暮らしが立たないが、山の恵みだけは豊富な土地だ。キノコや山菜、川魚や鳥獣などを売って、炭や着物を購《あがな》っていた。ただ、睦月の里のある太郎山だけは、立ち入ってはならぬという掟《おきて》があり、里人は忠実に守っていた。

土地の旨味のなさ故《ゆえ》か、いくたび幕府が替わろうと、富士野庄だけは時代におき忘れられたかのように放置されてきた。やがて時代が下り、領主の公家は武家の身分になったが、名字は変わらぬから、やはり同じ一族であろう。

「富士野庄の殿さまは、いまは大身《たいしん》の旗本であってな。姓は氏家という」

すっかり気を抜いていた央介が、え、と驚いた。

「氏家って、まさか……この前死んだ、氏家東十郎ですかい？」

「いや、名は違う。調べてみると、その本家にあたる勘定奉行《かんじょうぶぎょう》だった」

「氏家東十郎を人知れず始末してほしいと、小出さまに頼んだっていう、あの勘定奉行ですかい？」

身もふたもない言いように、勇五郎は苦笑いしてうなずいた。

「いったい、どういうことだ……たまたまだと言われりゃそれまでだが、何やら薄っ気味悪いな」

「そのとおりだ。この話には続きがあってな、何百年も替わらなかった領主が、先ごろ替わったというのだ。新しい領主の名は、小出だ」

「小出って、まさか……」

「さよう、小十人頭《こじゅうにんがしら》の小出彪助だ」

親の不幸でさえも、黙って腹の底に沈めておくような。時に冷たく映る横顔を、央介は思い出していた。

「やはり、何もきいておらんか」

「そんなことは、ひと言も……前に話したとおり、イオを里へ帰すなと、それだけで……」

——睦月の里は、呪われた里だ。

新川の船着場できいた低い声が、ふたたび耳奥で響いた。

「小出さまは、イオと出会ったことで、睦月の里に関わることになったんじゃ

「……」

まるで冷えた烏賊《いか》のわたを、口に含んだかのようだ。口にするたびに腸《はらわた》が潰れ、黒く苦い不安ばかりが広がっていく。浸食を止めるように、勇五郎は言った。

「いや、おそらくは違うだろう。おまえたちが最初に小出と会ったとき、小出はすでに氏家家の面倒を抱えていたのだろう？」

「……言われてみれば、そのとおりです」央介はうなずいた。「小出さまと出会ったとき、その場でイオの力を貸してもらえまいかと頼まれましたから」

「小出が勘定奉行の頼みを引き受けた……つまりは魔に憑《つ》かれていた氏家東十郎を斬ったのは、このためかもしれん。そうも考えられてな」

「親分、それはどういう……」

「小出彪助は、最初から富士野庄を手に入れるために、氏家本家に近づいたということだ」

いまの知行所は、表向きはすべて幕府からの賜《たまわ》り物だ。武家同士で勝手に取り替えなぞできるはずもないが、勘定奉行の氏家が計らえば、方々に根回しをした上で、幕府からの達しという形で収めることができるかもしれない。鯨の勇五郎は、そのように説いた。

「でも、何のために……」

「それはわしにもわからんが、小出のこだわりが、睦月の里にあるのは明らかだ。睦月の里のある太郎山は、富士野庄の内であるからな」

勇五郎の言葉を、央介なりに考えてみた。

「小出さまがこだわっているのは、たぶんナギという女だ。それだけはおれにもわかるが……」

「ナギが、どうしただ？」

ふいに背中からイオの声がした。よく冷えた蒟蒻《こんにゃく》でも背中に落とされたように、ひえっ、と央介がとび上がる。

「脅かすなよ、イオ」

「別に脅かしてなどいね。鰻が焼けたから、おいちゃとおーすけを呼びに来ただ」

「あの鰻、焼いちまったのか？」

「ちげ、別の鰻だ。あれはさっき、川に帰してきただ」

「魚と同じで、鰻も育ちすぎると味が落ちるからな。中ほどのものがいちばん旨い」

こう見えて勇五郎は、案外口が奢《おご》っている。短く講釈し、

「ようし、イオと一緒に、美味《うま》い鰻をたんと食うか」

いつものように、小さなからだをひょいと抱き上げた。おかげでイオの気はうま

く逸《そ》れたが、脂《あぶら》のたっぷりと乗った鰻ですら、口にこびりついた苦いわたの味を消すことはできなかった。

　央介は三日の後、小出彪助に会いにいった。


「なかなか贅沢な料理屋だな。国見屋の通い処か？」

　腰から外したものを刀掛けにおいて、小出が言った。

　日本橋鎌倉河岸《かまくらかし》にある店で、場所が小出の屋敷のある小川町から近いことに加え、もうひとつ理由があった。

「はい、おれもここは初めてで……千石のお武家さまをもてなすなら、格の低い料理屋ではいけないと、親父が言いましたもので」

「おれの役目は、さして旨味がないからな。これほどの店で、大店《おおだな》の若旦那にもてなされるのは、おれも初めてだ」

　皮肉にもきこえるが、小出の淡々とした口調だと、さして嫌味は感じない。

「イオは、おらぬようだな」

「店を出しな、一緒に来たいと駄々《だだ》をこねられましたが」と、央介が苦笑を返す。

「当人には、きかれたくない話ということか」

「確かめてみるまではと思いまして。とりあえずは……」

今日、小出と会うことも伏せてあった。不満そうに口を尖らせ、だがひそめた眉の辺りには、別の懸念《けねん》が浮いていた。

「日暮れにひとりで出かけるだで……また、悪い遊びの虫が騒ぎ出したでねえだか？」

見当違いの心配をするふくれ面《つら》を思い出し、ふっと目許《めもと》がゆるんだ。察したように小出が、穏やかに言った。

「イオは、国見屋に馴染んでおるようだな……それなら重畳《ちょうじょう》だ。先にも申したが、あの娘は、睦月の里に帰してはならぬ」

央介の口を封じるように、小出が先手を打つ。はっとして顔を上げると、揺らぎのない厳しい顔がそこにあった。

「おまえの相談とは、そのことであろう？」

こちらの思惑なぞ、お見通しのようだ。央介も、単刀直入にたずねた。

「陸奥盛岡の富士野庄が、小出さまの知行になったそうですね」

小出の表情に、かすかな驚きが混じった。

「耳が早いな……どこからきいた？」

「富士野庄に出入りする、行商人からききました」

「なるほど……」

「あそこはもとは、勘定奉行の氏家さまのご領だったそうですね。初めから富士野庄を手に入れる腹積もりで、分家の氏家東十郎の始末を引き受けたんですかい？」

「……いかにも」

少し間があいたが、悪びれることなく小出は認めた。

「ただ、氏家東十郎の一件は、いわば行きがけの駄賃でな」

「行きがけの、駄賃？」

「富士野庄を、我が知行とせんがために氏家家に近づいたのは、四年も前だ」

彪助の父が亡くなり、小出家の家督を継いだ。それが四年前だという。

「富士野庄は、知行所としては旨味がない。我が小出家が有する西国《さいごく》の土地と替えたいと申し出た。氏家殿は、当時は二千石の作事奉行であった。とはいえ台所はやはり火の車だ。加えて氏家殿は、さらなる出世を目論《もくろ》んでいてな」

出世には、方々に働きかけるための莫大な金子《きんす》が要る。氏家にとっても、願ってもない話であったのだろう。知行の所替えも、勘定奉行であれば、御上に不興を買わぬ抜け道はいくらでもある。すぐに先方は乗り気になった。

「どうやら富士野庄は、氏家家には厄介以外の何物でもなかったようだ」

「厄介……」

「京の宮家を始祖にもつ氏家家は、古くからの名家で、知行地も京に近い西国に集まっておる。なのに何故か、東の山奥たる富士野庄に、ぽつんとひとつ飛地があってな」

そういう例はままあって、決してめずらしくはないのだが、目が届きづらい上に、手間暇は倍かかる。氏家が富士野庄をあっさりと手放したのは、厄介払いの意味合いもあった。

祖母の郷でもあり、イオや睦月の里と図らずも関わってしまった央介には、気持ちのいい話ではない。

「仮にもご領主だってのに、冷たいもんですね」

「なにせあまりに古い話でな。富士野庄とどのような関わりがあったのか、代々のご当主すらも知らぬそうだ。幕府というものができる前からとの、伝えもある」

鎌倉に最初の幕府が開かれて、六百年ほどが経つ。それより前となれば、平安の都のころだろうか。どちらにせよ、あまりに古すぎて若い央介にはぴんとこなかった。

「そんな昔じゃあ、何だか御伽話《おとぎばなし》をきかされているみたいです」

「かもしれぬな」と小出彪助は、唇の片端だけで笑った。

それほどに来歴は古く、氏家家が支配するに至った経緯も定かではない。当然、記録のたぐいも残ってはおらず、徳川の治世になり、細かな国替えが行われたときでさえ、富士野庄はこれまでどおりと、公儀《こうぎ》からも半ば投げやりのような達しを受けただけだった。

曲がりなりにも知行となれば配下の役人を置くものだが、それすらなく、年に一度、配下を向かわせ、わずかな年貢をとり立てた。富士野庄では米がとれず、川魚の塩漬けや、山のキノコや木の実を干したものを、年貢として納めているに過ぎなかった。

「近在の山々では、鉱山も開かれておるそうだが」

「鉱山、ですか」

「富士野庄は外れていてな。銅《あかがね》や鋼《はがね》でも眠っておれば少しは力も入るのだがと、氏家さまもため息をついておられた」

ほんの一瞬、小出の面に、ゆらりと影のようなものがさした。何だろうと訝りながら、央介は別のことをたずねた。

「睦月の里のことは……氏家さまは、ご存じないんですかい？」

「平たく申さば、そうなろうな……それなりに耳には入っておるようだが」

小出は、微妙なこたえ方をした。富士野庄に、睦月神《むつきがみ》という土地神信仰があることは、氏家も知っている。ただ、その力を宿した睦月童《むつきわらし》については、ただの言い伝えに過ぎないと考えているようだ。

「立身《りっしん》をお望みならなおさら、睦月の民の力を借りようとは思わないのでしょうか？」

「物語めいた不思議話なぞ、頭から信じてはおらぬのだ。ただの伝承に過ぎぬと笑いとばされてな……家を守るのは、才と伝手《つて》と金だと心得ている。理に即した考えの家柄だからこそ、長きにわたって家運が続いたともいえよう」

現当主もまた能吏《のうり》といえる男であり、最初は小出の申し出に疑心をもったという。

西国の旨味のある土地と引き替えたいとは、話がうますぎる。小出は諦めず、何度も足をはこんだ。

「我が小出家は、あちらとは逆に、東国に知行が多い。西国の飛地を治めるのは、やはり難儀だとお伝えした。あながち嘘ではなく、やがて氏家さまも信じてくだされた」

この男の粘りと、そして人柄もあったのだろう。二年の時を経て、氏家を説き伏せることができたが、知行替えはおいそれと進められるわけでもない。さらに一年待たされて、去年、氏家が勘定奉行にのぼり、ようやく段取りが整った。

「下拵《したごしら》えに、時も金子もかかったからな。それからさらに一年を要したが、ようやく大願が成就した」

まさに小出の執念が、実を結んだといえよう。

「どうしてそこまでして、富士野庄を……睦月の里を手に入れようとなさるんです？」

沈黙だけが返り、思い出したように離れた座敷から客の嬌声がきこえた。にぎやかな料理屋の中で、ここだけが切り離されて浮かんでいるような、そんな錯覚を覚えた。

「もしや、睦月童の力を、手に入れるためですか？」

もっとも得心《とくしん》のいくこたえは、それしかない。しかし小出は、首を横にふった。

「逆だ」

「逆？」

「睦月童の力を、永久《とわ》に封印する。それがおれの望みだ」

「封印って、どうやって……何より、どうしてそんな」

「言うたであろう、睦月の里は呪われていると」

あの晩、感じた恐怖が、目の前にはっきりと立ちはだかった。氏家東十郎という魔物から逃れたはずが、別の化け物を連れ帰ったような。たぶんこの男もまた、得《え》体《たい》の知れぬ何かに、とり憑《つ》かれている。

涼しい姿にはそぐわない、強い執念と不屈の覚悟が、黒い炎のように瞳に揺れた。

「おれは睦月の里を、この手で潰す」

「……里を、潰す？」

大江山《おおえやま》に、鬼退治に行く――。それくらい陳腐《ちんぷ》にきこえた。頭がうまく働かず、言葉の切れ端が、思いつく端からこぼれてくる。

「正気、ですか？　どうして、そんなこと……里がなくなれば、イオは、ルイさんやその赤子は、里の者たちの行く末は……」

「睦月の民を救うには、それしか手立てがない」

きけばきくほど、わけがわからない。

とり散らかした央介の気持ちを、きちんと片づけるように小出は言った。

「これは、おれとナギの宿願なのだ。十二年前、ナギと交わした約束だ」

ナギとは、小出が昔関わったという睦月の里人だ。

「小出さまと、ナギ、さんは……恋仲だったのですか？」

そうきいたのは、ルイを思い出したからだ。掛井屋順之助とルイのような、互いに相思う存在ではなかったのか――。央介が問うと、昔の傷をふとながめるような、小出は、そんな顔をした。

「はじめは、同志のような間柄だった」

「きれいな娘であったが、あまり色気はなくてな」

侍の目許に、懐かしそうな淡い笑みが浮かんだ。

「同志？」

「道場の稽古帰りに、よく立ち寄る飯屋があってな。ナギはその店で働いていた」

小出は、そう語りはじめた。憑かれたような危うさは消え、穏やかな声音《こわね》になっていた。

「思わず見惚《みと》れるほどに美しい娘であったが、話してみると、女子《おなご》にしては少々理が勝っていてな。可愛げには欠けたが、話し相手としては申し分なかった。ナギは江戸に来るまでに、諸国をめぐっていてな、めずらしい遠国の話をよく語ってくれた」

ナギは陸奥から、まず京を目指し、さらに四国や長崎をまわり、江戸に辿り着いたという。気性は明るく、話も面白い。自ずとうちとけて、小出も飯屋へ寄るのを楽しみにするようになった。けれどナギが店に勤めはじめて半年も経たぬうちに、困った事態になった。

美貌のナギに言い寄る男は多く、中には金持ちや身分を笠にきて、力ずくで妻や妾《めかけ》にしようとする者もいた。

——あたしは決して、誰の物にもなりません。

ナギはその信条を貫いて断り続けていたが、雇い主である飯屋の親父に無理難題をもちかけたり、嫌がらせをする者まで現れた。店の親父からきいて、小出もたいそう案じていたが、ナギはからりと言った。

——ご心配にはおよびません、いつものことです。男には追いまわされ、女には嫉《ねた》まれて、ひとつ処に長く落ち着けたためしがないんです。親父さんの難儀はわかっていますし、ここもそろそろ潮時です。

諸国をめぐっていたのも、実はそのためかと、小出はようやく思い当たった。旅への憧憬《どうけい》ばかりが先に立ち、うらやましく思っていたが、女ひとりで寄る辺のない身の上が、初めて哀れに映った。

「ナギは江戸を出て、また別の土地へ行くつもりであった。それならいっそ、当家に奉公してはどうかと、もちかけた」

小出家は、嫡男《ちゃくなん》の彪助以外は女ばかりの四人兄妹だ。当主である父は生真面目《きまじめ》にかけては筋金入りで、間違っても女中に手をつける真似はすまい。奉公人も年寄が多く、もちろん彪助自身にも、邪《よこしま》な気持ちは毛ほどもなかった。

ナギが即座に承知したのは、またすぐに同様の顛末《てんまつ》を辿り、長居はできぬと高《たか》を括《くく》っていたためかもしれない。しかし小出家はナギにとって、思いのほか居心地がよく、結局、四年近くも小出家に留まった。

ナギのもつ不思議な力に気づいたのは、屋敷に入って一年半が過ぎたときだという。

「祖母が病に臥《ふ》してな、何か大事なことを忘れていると、しきりに口にするようになった。わからぬままで逝《ゆ》くのは心残りだと、それればかりくり返されてな……ずっと枕辺についていたナギには、忍びなかったのだろう。初めて、力を使《つこ》うてくれた」

その者にとって、いちばん大事な思い出を映し出す――。それがナギの力だ。

良い思い出とは限らず、思い出したとたん、気狂いのように叫び出した者もいる。だからナギは、使おうとはしなかった。死にゆく彪助の祖母の無念を慮《おもんぱか》り、そのとき初めて、睦月の力を解放した。

「おばあさまは、何を見たんです？」

黙って拝聴していた央介が、おそるおそるたずねた。

「祖父との、良き思い出だそうだ。先に逝った祖父とは、正直、あまり夫婦仲がよくなくてな。往時の不満ばかりこぼしておったが、嫁いでまもなく、たった一度だけ、ふたりきりで寺へ詣でたことがあったそうだ」

――ああ、思い出した。

夫との唯一の、楽しい思い出だった。彪助の祖母は涙を流し、ほどなくして息を引きとった。あれほど満ち足りた死に顔は、見たことがないと小出は語った。

そして祖母の葬儀をすませた後に、ナギは己の異能について、睦月の里について、そしてこれまでの来し方を、話してくれた。

「己は変わり種だと、ナギは申しておった」

「変わり種、とは？」

「睦月の里は明らかに、人の世と自然《じねん》の理《ことわり》から外れている。それをおかしいと、ナギは感じていた。睦月神との関わりを断ち、里の者たちをただ人に戻す手立てはないものかと、ナギはずっと考え続けていた」

「ただ人に、戻す……？」

「里人が本当に幸せになるためには、それしかないと、ナギは言った」

諸国を旅していたのには、その理由もあったという。土地で語り継がれる伝承のたぐいには、睦月神が関わっていると思われるものがたしかにあった。ただ、いくら不思議話を集めても、里人を睦月神から解放する手立てには辿り着けなかった。

「ナギの話をきいて、おれもおよばずながら手伝いたいと申し出た。里や富士野庄について、できる限り調べてみた。氏家家の所領だと知ったのも、そのころだ」

「同志というのは、そういうことでしたか」

た」

「でも……それだけじゃ、ありませんよね？　はじめはと、さきほど仰《おつしや》いましたから」

ちらと小出が、表情を変えた。どこか楽しげだった追憶に、苦しげな影がさした。

「そのころには、互いの気持ちには気づいていた……だが、口にはしなかった」

「身分の違い、ってことですか？」

「いや……身分なら、越える手立ても講じられた。しかし睦月神の呪縛は、どうにもならぬ。男女の仲になり子ができれば、ナギは里に帰らねばならぬ」

身重のからだで、ひたすら帰郷を乞うていた。この身が裂けそうだと訴えていた苦しげなルイの姿が、閃光《せんこう》のように頭にひらめいた。

「小出さまはナギさんと、離れたくなかったんですね」

そうだ、とは言わなかった。けれど傷のように深く穿《うが》たれた眉間《みけん》のしわだけで、小出の思いは察せられた。

しかし、ふたりはやがて窮地《きゆうち》に立たされた。父親が病で急逝《きゆうせい》し、彪助が小出家を背負うことになったのだ。家督を継ぐとなれば、早急に嫁をとらねばならない。

祖母の死からさらに一年半——ナギが小出家に入って三年が過ぎ、彪助は二十歳になっていた。

「いっそ養子をとってでも、ナギを傍に置きたいと、おれは考えた。だがナギは、運命《さだめ》に抗《あらが》うことをえらんだ」

子を生《な》せば、里へ帰らねばならない。その運命を、ナギは意志の力で、ねじ伏せようと試みた。彪助と契《ちぎ》り、ナギはまもなく身籠《みごも》った。そして最後の最後まで懸命に、睦月の里の女に課せられた宿命と戦った。

「おれの方が先に、音《ね》をあげた。あまりの苦しみように、それ以上見ていられなくなった。もういい、里に帰ってくれと、おれの方から頼んだが、ナギは拒み続けた。終《しま》いにはナギに頼まれて、身重のからだを柱に縛りつけた……苦しんで、苦しみ抜いて、ナギは死んだ……おなかの子も、助からなかった」

あまりに凄惨《せいさん》な結末に、央介は声も出ない。

「あのとき、おれはナギに誓った。いつかきっと、睦月神を屠《ほふ》り、里人を解き放ってみせるとな」

十二年もの歳月を賭して、神殺しという恐ろしい罪に、この侍は手を染めようとしていた。

「すでに事は動き出しておる。まもなく家来たちとともに、おれも富士野庄へ向かう」

央介の制止をさえぎるように、小出は言い渡した。

「おまえにここまで明かしたは、イオがいるからだ。あの子を里に帰してはならん。幼き者に見せるには、あまりに酷《むご》い最期であろうからな」

睦月神の行く末を、小出はそのように予言した。

まるで頭の中が、膠《にかわ》で固まったようだった。どこをどう辿って新川に帰りついたか、どうしても思い出せない。

「おーすけ、お帰り！　あんまり遅いから、迎えに行こうかと思っただ」

イオの笑顔に温《ぬく》められ、頭の中の膠がようやく溶け出した。

「なあなあ、おいちゃ、ここのところおーすけがおかしいだ」

内緒話のつもりなのだろうが、地声が大きいから筒抜けだ。

いつものごとく、鯨の勇五郎に会いにきた。勇五郎の家の前には腰掛けが据えてある。どっかと座った鯨の膝に、イオは気持ちよく収まっていたが、央介は道をはさんだ吹きっさらしの土手で膝を抱えていた。

「ずーっとぼんやりして、呼んでも返しもねえし、ろくすっぽ飯も食わね。親父さまやおふくろさまも、気を揉んでいてな」

「なるほど、さもありなんだな」

「でな、大番頭さにたずねたら、きっと恋患《こいわずら》いに違《ちげ》えねえっていうだ」

まじめな顔できいていたが、堪《こら》えきれなくなったのだろう。ぶははは、と遠慮のない笑い声が、背中から響いた。

「恋患いとは、央介も一人前になったもんだな」

小出と会った晩から、数日が経つ。話の中身は、イオにはもちろん、両親にも話していない。

今日、勇五郎に相談するつもりもあったが、ずっとイオが張りついており、たとえ鯨に相談してもこたえは出ない。

「どうするかは、おれが決めねえとならねんだ」

央介の呟《つぶや》きを、機嫌のよい勇五郎の声が、背後からさらった。

「どこの女に懸想《けそう》しとるかは知れんが、イオはかまわぬのか？　うかうかしておると、央介を他所《よそ》の女にとられてしまうぞ」

「それは嫌だども……」

うーん、と考え込む気配がする。

「だども、それも仕方ねえだ」

「よいのか？」

「おらは大晦日には、里に帰らねばならねえし……どのみち睦月の民は、殿御《とのご》の嫁にはなれねえきまりだで」

ふと、悲しげなルイの横顔が浮かんだ。それがたちまち苦悶《くもん》の表情を呈し、凄惨な情景へと変わる。会ったこともない、ナギの最期の姿だった。とたんに尻の下から頭の先に悪寒《おかん》が走り抜け、ぶるりと大きく身震いする。思わず土手から尻を浮かし、すがるように勇五郎とイオのもとへ行った。

「なあ、イオ……」

「何だ、おーすけ？」

「イオは……里の者たちと、睦月神さまと、どちらが大事だ？」

「そりゃあ、どっちも大事だ」

「もし……もしもだ。どっちか片方しかえらべねえとしたら、イオはどっちをとる？」

おかしな問いだと言いたげに、イオは下唇を突き出した。勇五郎の丸い目が、じっと央介に注がれた。

「どっちかなぞ、えらべね。おらたちは、睦月神さまに生かされているだで」

「それじゃあ、もしも神さまが死……いなくなったら、イオたちはどうなるんだ？」

「たぶん、おらたちも生きてはいられねえだ」

先刻とは違う寒気が、染みわたるように身内に広がった。立ち尽くす央介の耳許で、あの声がはっきりとよみがえった。

――イズレオマエハ、睦月ノ里ニ大キク関ワルコトニナル。

ルイの先読みの力で、央介の行く末が見えたときだ。ルイの声とは明らかに違う、重々しい声だった。

――オマエハ遠カラズ、睦月ノ里ヘ行クコトニナロウ。

「どうしただ、おーすけ？　また恋患いか？」

気づくと、イオは鯨の膝から下りて、央介の着物の袖をつかんでいた。

「やっぱりおれが、行かなきゃならねんだ……」

「行くって、どこへ？」

「睦月の里だ。おれはこれから、おまえの里へ行く」

意味が呑み込めず、イオはぼんやりしていたが、その背中で勇五郎がゆっくりと立ち上がった。

「里への土産は、何がよかろうな？　イオの好きな団子では日持ちがせぬし、羊羹《ようかん》か落雁《らくがん》ではどうだ？」

「親分……」

仔細を知らぬはずが、何もかもわかったような顔で勇五郎はうなずいた。

「行ってこい。そして、必ず帰ってくるのだぞ」

その日、国見屋に帰った央介は、両親に一切を打ち明けた。

「小出さまの覚悟は本物だ。おれが行ったところで、止められるわけじゃねえ。それでも、このまま江戸で安穏《あんのん》と、高みの見物を決め込むことはしたくねえ……しちゃならねえような気がするんだ」

唐突に、神殺しという途方もない話が降ってきて、しかも大事なひとり息子がその渦中にとび込もうというのだ。両親が同意してくれるとは、とても思えない。何日かかっても説き伏せる構えでいたが、意外なことに、母のお久《ひさ》がまず口を開いた。

「央介、おまえ、変わりましたね……一年前が、まるで嘘のようです」

「おふくろ、いまはそういう話じゃねえんだが」

「己のことで塞《ふさ》ぎ込んでいたおまえが、人さまのために、こんなに必死になるなんて」

母が涙ぐみ、となりで父が、うんうんとうなずいた。

「まったくだ。あたしらの倅《せがれ》が、これほど立派になるとは……これもイオさまと、睦月神さまのおかげだよ」

「えぇっと……それじゃあ、行ってもかまわねえのか？」

見当とは違う成り行きに、にわかにとまどう。

「睦月神さまに禍《わざわい》をなすなど、罰当《ばちあ》たりにもほどがある。央介、これからすぐに立ちなさい」

「ですが、央介、己の身だけは厭《いと》うのですよ。無闇に危ない真似は、どうかしないでおくれ」

母親らしい忠告はついたものの、あっさりと許しが出され、かえって拍子抜けした。

うわあい、とイオが両手を広げる。

「おーすけと一緒に、里に帰るだか？　おら、すげえ嬉しいだ」

「イオ、おめえを連れていくとは言ってねえぞ。おまえは江戸に残せと、小出さまも……」

「おらが案内せねば、睦月の里に行けるわけがなかろ」

たしかにと、央介もうなずくしかない。

「おらはルイに頼まれただ。里に入ったら、イオがおーすけを守ってやれって」

「ルイさんが、そんなことを？」

話の流れから、ルイに見せられた先読みについて、両親に語った。

「先読みさまが、央介の姿を里に見たというのなら、きっと何かお役に立てることがあるのだろう」

「そういえば、親父。親父も昔、先読みの睦月童に会ったんだよな？　名は何といった？」

「富士野の庄では、『睦月さま』とか『童さま』と呼ばれていたからな」

「そうか……もしかしたら、同じルイさんじゃねえかとも思ったんだが……」

「その先読みさまは、若い娘さんだったんだろう？　それはあり得ないよ。あたしよりふたつ三つは年嵩《としかさ》であったから、いまは五十路《いそじ》に届いていようからね」

「やはり違うか……そういや、おルイさんは、どうしているかな。無事に赤子を産んで、息災《そくさい》にしていればいいが」

口にすると、イオの顔がふいに翳《かげ》った。ルイの話をすると、どうしてだかイオは元気がなくなる。気づいた央介が、ぽん、と小さな頭に手を載せた。

「イオと一緒に、イオの故郷《くに》が拝めるんだ。おれも嬉しいよ」

「うん、おらも……鯨のおいちゃや、国見屋の皆と別れるのは寂しいだども、またきっと江戸に来いと、おいちゃが言ってくれただ」

イオの顔が、ようやく明るくなった。

平右衛門が景気をつけるように、ぽん、と手を打った。

「さっそく、旅の仕度にかからねばな。まずは道中手形か。富士野庄の親類にも、急ぎ飛脚《ひきゃく》で便りを送らねば。あとは為替《かわせ》と、駕籠《かご》の手配か」

「長旅になりますからね、枕に提灯《ちょうちん》、鼻紙と……そういえば、行く先はひときわ寒い山国でしたね。綿入《わたい》れは、三枚で足りるでしょうか？」

「おいおい、盗人みてえにでかい風呂敷を背負うのはご免だぞ」

両親と奉公人たちに見送られ、央介とイオはまもなく江戸を立った。

しかし富士野庄は、央介が思っていたよりも、ずっとずっと遠かった。

「これほど遠いとは、了見《りょうけん》しちゃいなかった。おまけに腰は痛《いて》えわ、とんでもなく寒《さみ》いわ。ったく、初めての旅だってのに、散々な目に遭った」

大げさに音をあげる央介のとなりで、イオは鼻をひくひくさせた。

「ほんの少うしだども、雪のにおいがする。あと幾日かのうちに、初雪が降るだ」

江戸から陸奥青森まで続く奥州街道を、ひたすら北へ北へと向かう旅だった。宇都宮《うつのみや》、白河《しらかわ》、福島。仙台を越え、平泉。さらに先へ進み、盛岡の手前花巻《はなまき》で、奥州路を外れて花巻街道へ入る。

日差しの苦手なイオはもちろん、央介もほとんどの旅程を駕籠で来た。富士野庄までは、歩き旅なら二十日ほどもかかる。一刻も早く着いた方がよかろうし、ただでさえ、若造と子供ふたりきりの旅だ。胡乱《うろん》な輩《やから》には格好の餌になる。よけいな災難を避けるため、平右衛門は早駕籠を乗り継いでいくようにと勧めた。父もまた、イオを迎えにいった折は駕籠を使った。おかげで富士野庄での滞在を含め、ひと月余りで、行って帰ることができたのだ。

日本橋から花巻までで、すでに百三十里。東海道を西へ向かえば、京・大坂まで届く道程だ。

花巻から遠野へは、花巻街道を十五里も行く。それでも旅はまだ終わらない。

「はあ、おめが央介さだが。おどさがら文さもろだで、むげさ来ただ」

父の親類にあたる富士野庄の庄屋が、遠野までふたりを迎えに来てくれた。

ただ、ここに来て、さらなる難問がもち上がった。

「――だば、駕籠代ばうんとこさ――仙人峠ば上り十五里下り十五里――馬こも駕籠こも――」

「どうしよう……何を言ってるか、まったくわからねえ」

旅が初めての央介には、その土地その土地のお国訛《なま》りは、むしろ新鮮にきこえたが、他国者に慣れた宿の者や駕籠かきは、央介にもわかるよう話してくれた。だが、四郎山村の庄屋、嘉四右衛門《かしえもん》の言葉に至っては、さっぱりききとれない。

「庄屋さは、こう言っただ。こっから先はずっと上りになるから、仙人峠のふもとまで駕籠代は倍もかかる。仙人峠は上り十五里下り十五里。九十九曲《つくも》りと呼ばれる難所でな、その頂き近くに富士野庄がある。峠道は馬も駕籠も入れねえから、けっぱってくれろって」

イオが通詞《つうじ》を果たしてくれて、どうにか会話が成り立った。

「いまさらだが、イオは案外、訛ってなかったんだな」

「睦月の者は、庄の者たちとはまったく言葉が違うだ」

「違うって、どんなだ？」

「うーん、近《ちけ》えのは、お侍の言葉かもしれね」

意外に思えたが、少なくとも里の内では通詞の必要はなさそうだ。

「おらはちょこちょこ山を下りて、里の子供らと遊んでいただ。そんでちょっこし、里言葉が移っちまっただ」

「睦月童が山下りへって、吉兆《きっちょう》だべ。おらだつ大人ばやぐだり構わんで、童《わらし》んどさまがしどる」

時折、睦月の子供が庄へ遊びに来るのは吉兆とされ、大人は見て見ぬふりをするのが、昔からのしきたりだった。代わりに子供たちが一緒に遊んでやる。しかしこれも睦月童として、いわば正式に富士野庄へ降ろされるまでの話で、その後は大人とみなされて、庄へ下りてくることはなくなる。庄屋の話に少し色をつけ、イオはそのように語った。

「そういや、肝心なことを忘れていた。小出という新しい領主は、もう富士野庄へ入りましたかい？」

嘉四右衛門がうなずき、央介は思わず舌打ちした。

小出は二十人ばかりの家臣とともに、二日前に富士野庄に入っていた。駕籠を乗り継いで精一杯急いだつもりだが、その気になれば侍の足は速い。たぶん寝る間も惜しんで、奥州道を歩き続けたに違いない。

「あのお侍らは、太郎山へ分け入っただか！」

通詞役を務めていたイオが、途中で声をあげた。

「太郎山って、睦月の里がある山だろ？」

「んだ。太郎月がら、太郎山どついだども」

太郎月は、睦月と同様、一月の異称である。名はそこからついたようだ。

この太郎山の中腹にご神木があり、そのうろに願い事を納めて、十二年に一度、睦月童が降りてくる。ご神木より上は、睦月神のおわす神聖な場所とされ、人々は決して足を踏み入れない。小出彪助は、その神域を犯したという。どんな祟《たた》りがあるかわからない。庄の者たちは必死で止めたが、やはり小出の決心を曲げることは叶わなかったようだ。

嘉四右衛門は、大きなため息とともに肩を落とした。

「心配いらね、庄屋さま。睦月の里は、ただ人には見つけられね」

ただのなぐさめではなく、イオは妙に自信ありげだが、小出はナギからきいて、里の場所も心得ているかもしれない。やはりおちおちしてはおれず、翌日ふたりは遠野を後にした。

とはいえ、遠野からざっと六里で仙人峠のふもとに着き、さらに徒歩で急峻《きゅうしゅん》な山道を上る。

「もう駄目だ、もう死ぬ。これ以上、一歩も動けねえ」

央介ひとりが顎を上げ、何べんも同じ弱音を吐きながら、ようやく峠の八合目ほどに辿り着いた。

道にさしかかった梢《こずえ》が日除けとなり、イオは小兎のような軽快さで、五十の坂はとうに越えていそうな嘉四右衛門すら、しっかりした足取りだ。

「おーすけ、見ろ！　あれが富士野庄だ」

イオの指が示した先には、すでに冬の色を呈した山ばかりが連なっていた。

よく見ると、三つの山の斜面に、へばりつくようにして人家が点在する。

「平たい地面が、どこにもねえ……」

わずかに開かれた畑は、段々畑ですらなく、どれも信じられぬほど傾いている。

その傍《かたわ》らにある人家が、まっすぐ立っているのが不思議なほどだ。

「こっからいちばん近い手前の山が、庄屋さまの四郎山で、そのとなりが三郎山と次郎山だ」

太郎山にあやかって、その名がつけられたのだろう。四山を合わせて富士野庄と呼び、横一列ではなく、ゆるい弧《こ》を描いてならんでいる。そして人里のある三つの山の向かい側に、睦月の里のある太郎山が鎮座《ちんざ》していた。

嘉四右衛門が庄屋を務める四郎山の集落までは、峠道を逸れてさらに一里ほども行かねばならなかったが、下りが多かったから、どうにか凌《しの》げた。

「三村それぞれの庄屋さんの家には、小出さまとご家来衆が泊まっているだで、行っちゃあならねえそうだ。おらたちは別の家で、休んでくれって」

イオが嘉四右衛門の言葉を伝え、ふたりは集落から外れた場所に立つ、一軒の家に案内された。ふたりの到着は、小出たちに見つからぬよう、ひそかに知らされたのだろう。

まもなく嘉四右衛門の倅が、真っ青な顔で駆け込んできた。

「おどさ、げぁ事だ！　ご領主さが、太郎山さ焼ぐへるだ！」

太郎山を隈《くま》なく探しても、睦月の里を見つけることができなかった。

あげくに小出彪助は、山に火を放ち、太郎山を丸坊主にすると庄屋たちに言い渡した。

「どうしよう、どうしたらいい……山焼きは明朝に迫っている。睦月の神さまは、火伏せはできねえのか？」

「うーん、わからねども、無理でねえべか」

「イオ、おめえ、よくそんなに落ち着いていられるな。睦月の里の一大事なんだぞ」

「だども、睦月の里には、火も届かねえだ」

「……火は、届かない？　もしかして、雲の上にあるんじゃなかろうな？　たとえ雲の上でも、煙で燻《いぶ》されちまうぞ」

「うーん、煙なら、入っちまうかもしれねえな」

睦月の里の正体が、さっぱりわからない。それでも、一刻も早く知らせた方がよかろう。

「神さまとなると、おれには荷が重いが、せめて睦月の里人だけでも逃がしてやらねえと」

央介が里に足を踏み入れることは、当然のことながら禁忌《きんき》に触れる。集まった三村の庄屋は、最初は首を縦にふらなかった。しかし事は切羽詰まっている。

「いっそ、おらだち逆さ火っこつげで、お侍らば焼いじまっかど思っだども」

富士野庄の者たちは、思い余った末に、小出らを家ごと焼き払うという物騒な考えまで起こしていた。傍若無人《ぼうじゃくぶじん》にふるまう新たな領主より、睦月神の方がよほど大事なのだろうが、事が公になれば当然、厳しい咎《とが》を受ける。央介も説得にあたり、ひとまずは思い留まってくれた。

「おれが里に行くことは、すでに睦月神さまも承知している。頼むから、許しちゃくれねえか」

「睦月神さまさ、なじょんしでおめさに？」

だいぶ慣れてきたのか、問いの意味は何となくわかる。央介はルイに先読みをされた経緯を語った。

「こっだらたまげただ。んだばおめさ、お告げさきいたど同じでねが」

央介に語りかけた声は、きっと睦月神に違いない。庄屋たちは興奮ぎみに言い立てて、すぐさま太郎山に入る許しをくれた。

侍たちが寝静まった夜半、イオと央介は、太郎山に分け入った。

「こっちだ、おーすけ。向こうに張り番がいるだで、音を立てぬようそっと歩くだ」

「待ってくれ、イオ。こうも足許が傾いていちゃ、思うように歩けねえ」

太郎山は、イオの庭も同然だ。蛇のようにするすると上っていくが、ついていく央介には至難の業《わざ》だった。きつい上りが続き、道らしきものもなく、下は木の根や下草だらけ。さらに小出が立てた張り番も、避けて通らねばならない。

獣の遠吠えや、ギャッギャッと脅すように鳴く夜鳥の声にも、いちいちびくびくしていたが、何より怖いのはこの暗さだった。まるであの世への入口であるような、そんな錯覚すら覚え、どうにも腰が引ける。

頼りになるのは、ずっと握りしめたままの、小さな手のぬくもりだけだ。それがふいに、するりと途切れた。たちまち、このまま闇に呑み込まれてしまいそうな不安に陥《おち》いる。

「イオ、どこに行った、イオ！」

まさに母親にはぐれた三つの子供さながらに、みっともないほど狼狽《ろうばい》しながら、それでも精一杯小さな声でイオを呼ぶ。

「おーすけ、ここにいるだ。水を汲みに行くと言ったろうが」

鼓動《こどう》の音で耳を塞がれて、きこえていなかったが、この傍に湧水があるという。

イオは大きな葉で器用に作った器に、水を汲んできた。

「だいぶへばっていたからな。あと半分だ、ほれ、これを飲んでけっぱれ」

「旨い……こんな美味《おい》しい水、生まれて初めてだ」

喉が渇いていたためもあろうが、びっくりするほどに甘い水だった。

「だろ？　睦月神さまも、この水が大好きだで」

へえ、と素直に感心していた。

「それにしても、まだ半分とは……おまえ、本当にこんなところで育ったのか」

何といったらいいか、人が足を踏み入れてはいけない、住むべき場所ではない。

そんな気がしてならなかった。同時に、イオがひどく哀れにも思えた。

自然の腕《かいな》に抱かれ、たしかに俗世間の垢《あか》とは無縁であろう。しかし汚れの一切ない土地は、人がもっとも住みづらい土地ではなかろうか。人としての本当の意味での生を、まっとうできぬ場所ではなかろうか——。央介には、そう思えた。

甘露《かんろ》の水のおかげで、少しは元気が出た。後の半分をどうにか凌ぎ、やがて、大きなほら穴の前に出た。まるで地面が断末魔を叫んでいるような、何とも不気味な洞窟だった。央介もだいぶ目が慣れてきて、そのくらいはわかる。しかし穴の中は見通せず、いまにも蝙蝠《こうもり》の大群でも出てきそうだ。

央介は怖気《おじけ》づいたが、イオはさっさと穴に入っていく。

「ここにも、侍たちが来たみてえだ。睦月の民とは、別のにおいが残っているだ」

おそるおそる穴の中に頭を入れた。声の響き具合から、奥は案外深いようだ。

「この奥に、里への入口のひとつがあるだ。たぶんお侍は、気づかなかっただな」

「ひとつって、いくつもあるのか？　てか、これ、熊穴じゃねえだろうな？」

「熊はおらん。獣は、おらたちを嫌がるだで」

折しも山犬らしき遠吠えがして、ひゃっととび上がった。イオに手を引かれ、奥へと歩き出す。いくらも行かぬうちにイオが立ち止まり、手を放した。

「おーすけ、ここだ。狭いから、気をつけるだ」

と、左手にあった壁に、イオの気配が吸い込まれた。思わずぎょっとしたが、両手で確かめると、岩壁に穿たれた細い隙間がある。イオなら楽に通れるが、央介がからだを横にして、ようやく抜けられるほどの幅しかない。

「親父や鯨の親分じゃ、まず入れねえぞ。小出さますら無理そうだ」

細身ではあるが、武道に優れた侍らしく、筋骨は案外たくましかった。小出の姿を思い出しながら、岩と岩のあいだをすり抜ける。

大股にして三歩分ほどで、ふいにからだが岩から抜けた。

「ここ、何だ？」

相変わらず真っ暗だが、声が響かないところからすると、畳半畳分ほどの空間のようだ。

「いわば、睦月の里の門だで」

イオの声が足許からして、次いで、ふわっと下から暖気が吹きつけた。

何のにおいだろう、得も言われぬ甘いにおいがする。

そのときは暗くてわからなかったが、土の地面に、まるで鍋蓋《なべぶた》のような、ごく薄い木の蓋が嵌《は》まっており、イオはそれをもち上げたのだ。

あいた穴に、イオは躊躇《ちゅうちょ》なくとび込んだ。

「おい、イオ!」

「おーすけも、早く入るだ」

手探りで確かめると、央介が肩をすぼめて、どうにか通り抜けられるほどの幅しかない。両腕を地面にふんばった格好で両足を入れると、すぐに足がついた。

「そこでしゃがんで、手は上に上げて」

イオに言われるまま、まるで溺れるように両手を上げる。もたつきながらも膝を曲げ、どうにかからだを穴の中に押し込めた。穴の中は、自分とイオでいっぱいだが、風の通り具合から、横穴があいているとわかる。

「ここが、睦月の里だ」

「何だって?」

「ここが睦月神さまと、おらたちの暮らす睦月の里だで」

雲の上かと思えた神の住処《すみか》は、地の底にあった。

央介は真っ暗な穴の中で、ただとまどっていた。

第六話　赤い月

「ここが……睦月《むつき》の里だと？」

頭がどうしても、ついてゆかない。何をどう考える間も与えられず、央介《おうすけ》はひたすら、イオに促《うなが》され、地底の穴を先へと進んだ。

まるで、蟻《あり》の巣だ。

ところどころに、央介の背丈かそれ以上、天井の高い部屋があり、それを通路が繋いでいた。通路はどこも高さがなく、しゃがんだ姿勢でよちよちと歩くか、中には腹這いの格好でなければ抜けられない場所もあった。通路は上がったり下がったり傾斜がついていて、いったい自分がどのくらい深い地底にいるのか、見当もつかない。ただ、進みながら、これが自然の洞穴ではなく、人の作ったものだということだけは、察することができた。

外の洞窟はざらざらの岩肌だったが、手に触れる床も天井も壁も、粘土を磨きあげたような、つるつるとした手触りだった。ただ粘土と違い、傾斜でもすべり落ちることはなかった。

行けども行けども、真っ暗闇だ。山を上っていた折も暗さには閉口《へいこう》したが、ここはさらに狭い分、闇が凝縮《ぎょうしゅく》されたようで息苦しさを感じる。黙っていると、ぱくりと呑み込まれてしまいそうで、つい思いついたままを口にしていた。

「そうか……こんな穴蔵で生まれ育ったから、日の光が苦手なんだ」

呟《つぶや》いたはずが、音にはならない。からだ中から汗を吹き、喉《のど》はからからに干上《ひあ》がっていた。

「イオ……み、ず……」

しゃがれてはいたが、どうにか声になった。けれど、何も返らない。前にいるはずのイオの気配は、いつのまにか消えていた。闇が急激に迫り、央介を押し潰した。

「イオ、どこだ。どこにいる！　頼むから、こたえてくれ！」

声はどこにも響かず、ただ央介に返ってくる。顔をだらだらと伝うものが、汗か涙かすらわからない。央介はひたすらその名を、叫び続けた。

「イオ、おれを置いていくな！　イオ、イオ、イオ――！」

と、まっすぐ前方に、ぽっと小さな灯りがともった。次いで灯りの方角から、耳慣れた幼い声がする。

「おーすけ、おらはここだ」

「イオ！」

親にはぐれていた仔犬さながら、手と足で懸命に前に進んだ。やけに黄色く見える光は、進むごとに、だんだん大きくなる。火にとび込むとき、蛾《が》はこんな気分なのかもしれない。身を焼くとわかっていても、光が嬉しくて嬉しくて、向かわずにはいられない。イオが何か言ったが、それすら耳に入らなかった。

と、手の下にあった地面の感触が、ふいに失せた。

イオが灯りをともした場所は、畳一畳分ほどの部屋だった。部屋と通路の床に、大きな段差があるために、央介は逆立ちの格好で、部屋の床に落ちた。

「痛《い》ってえ！」

「だで、気をつけろと言ったろうが。怪我《けが》はねえだか？」

両手をすりむき、頭にこぶを拵《こしら》えたものの、たいしたことはない。央介は改めて、部屋の中をぐるりとながめた。

「ここは？」

「玄《げん》の間だ。たいていは張り番が詰めているだども、いまはいねえようだ」

思った以上に、天井が高い。ふつうの町屋くらいの高さはあろう。四方の壁に、イオの肩くらいの高さに四つの穴があいていて、ひとつは央介がころがり落ちた通路で、その正面に、また別の部屋へと続く穴がある。残る二面は壁を浅くくり抜いて、棚になっていた。そのひとつに、黄色い光が静かにまたたいている。

「これ……花だよな？　何で、光ってるんだ？」

小さな木の器に、三、四本。光っているのは、その花だった。

タンポポの綿毛のような花は、アザミに似ている。色は月見草に近く、花そのものが黄色く光っているのである。

「いつまでも暗くては、おーすけが難儀だで。先に来て、水を注いだだ」

「水？」

部屋の床には、草を編んだ敷物が敷かれ、隅には土製の小さな水瓶がある。イオが柄杓《ひしゃく》で水をすくい、央介はありがたくいただいた。

「ぷはあ、生きかえった！　やっぱりこの山の水は、どこより美味いな」

「人も花も同じだで。手折《たお》ると光らなくなるだども、こうして水を注いでやると、光り出す。睦月草《むつきそう》というだ」

「睦月草？」

「んだ。里では大事な灯りだで」

「……そうか、煙穴もなしに、穴蔵で無闇に火は使えねえもんな。だが、煮炊きはどうしてんだ？　この花じゃさすがに、飯を炊いたり魚を焼いたりは、できねえだろ？」

「魚や山の菜は、河原で煮たり焼いたりするだども、米は食わね」

「そういや、富士野庄《ふじのしよう》でも、米は作れねえときいたな」

米作りはとにかく水を食う。斜面に水が張れるわけもなく、蕎麦《そば》や雑穀《ざつこく》と、わずかな野菜が栽培されていた。だが、この地底の里では、それすら無理だ。何より日の光がなくては、作物は育たない。央介がたずねると、イオはにこにこしてこたえた。

「おらたちの米は、この睦月草だ」

黄色く発光する、植物を示した。

「これ、食えるのか！」

「花は食えねども、茎《くき》は食えるだ。ひたしや煮物もいいが、生もしゃきしゃきして旨《うめ》えだ」

「花は灯りに、茎は食い物になるのか……何とも重宝《ちようほう》な代物《しろもの》だな」

「んだ。おらたちがこの里で生きていけるのも……」

と、イオがふいに、横穴をふり向いた。央介が落ちた穴ではなく、その正面にある穴だ。

たちまち気配がふくらんで、穴からふたつの影がとび出してきた。

薄暗い部屋の中に、白い顔が浮かんだ。

若い女がふたり。どちらも見惚《みと》れるほどに、美しい顔立ちだった。

ただ残念ながら、歓迎されてはいないようだ。

「何奴《なにやつ》か！」

「いったい、どこから入り込んだ！」

剣呑《けんのん》な気配がふくらんで、片方が、腰にあった脇差《わきざし》に手をかけた。

「ままま、待て！　おれは怪しいもんじゃ……」

央介が慌てて言い繕《つくろ》うと同時に、イオが叫んだ。

「トワ、レン！」

ふたりの女が、ぎょっとしたように部屋の隅に目をとめる。

「イオか！」

「よう、帰ったな」

女たちが、懐かしそうにイオに駆け寄る。ひとまず助かったと、央介は息をついた。ただし殺気は失せたものの、警戒は解かれていない。トワという名の女が、央介にきつい目を向けた。

「イオ、この男は？」

「おらが世話になった、おーすけだ。おらが降りた、江戸の商家の倅《せがれ》だで」

「そういう話ではない。何故、ただ人を里に入れたかと問うておる」

「まして、男とは。イオも里の掟は、心得ていようが」

レンという女も、きつい語調で問いただす。ふたりの女の言葉遣いは、イオからきいたとおり、たしかに武家に酷似《こくじ》していた。

「おーすけを連れてきたのには、わけがあるだ。山がえれえことになっていて……わけはおーすけと一緒に、カナデさまにお話しするだ。カナデさまに、会わせてくろ」

イオは懸命に訴えたが、ふたりは聞く耳をもたない。

「このような穢《けが》れを里に入れた上、カナデさまに引き合わせるなど、もってのほか」

「ケガレ……おれが？」

「男はこの里にとって、穢れぞ」

身の危うさはもとより、穢れと言われたことに、央介はとまどっていた。

世間ではもっぱら、女に使われる言葉だ。月のものがあり、子を産むこともまた穢れとされる。よくよく考えれば、おかしなことだ。子々孫々を残すために不可欠なことが、何故、穢れと呼ばれるのか——。央介は頭の隅で、そんなことを考えていた。

「どのみち、この里を知られた上は、生きて帰すわけにはいかぬ」

「睦月神《むつきがみ》さまのお怒りに触れぬうち、始末せねば」

ふたりの女が、すらりと刀を抜いた。古びてはいるが、柄《つか》も鞘《さや》も凝《こ》った造りだ。武術の心得《こころえ》があるということは、その構えでわかった。

さすがに背筋が寒くなり、思わず一歩退いた。しかし背中は土の壁で、それ以上は下がれない。その隙間に、イオは果敢《かかん》にとび込んで、央介の前で両手を広げておせんぼした。

「おーすけを傷つけてはいけね！　おーすけがここに来ることは、ルイが読んだだ」

「ルイが……」

トワがはっとして、レンも動きを止めた。

「間違い、ないのか？」

「本当です！　おれは先読みで告げられました。ルイさんとは違う別の声が、オマエハ睦月ノ里へ行クコトニナロウと、たしかにそう言いました！」

精一杯の声で、央介は訴えた。

「どうやら、嘘ではないようだな」

トワが呟き、ふたりの女は刀を収めた。安心した拍子に、何より気になっていたことが口をついた。

「ルイさんは、達者ですか？　無事にお産はすみましたか？」

ふたりの女の視線が、明らかにうろたえた。イオの広げていた両手が、だらりと落ちる。

背中を向けたまま、イオが言った。

「おーすけ、ルイは死んだだ」

「……え？　死んだって、イオ……おまえ、何言って……」

「赤子を産み落とすと、母親は死ぬ……睦月の里の運命《さだめ》だで」

運命という大仰《おおぎょう》な言葉は、小さなイオにはそぐわない。央介は思わずイオの肩に手をかけて、くるりと返した。しゃがんで、顔を覗《のぞ》き込む。

「さだめって……必ずってことか？」

「んだ」

「ただのひとりも、助からないのか？」

ん、とうなずいたイオの目から、大粒の涙がこぼれた。

ルイが身籠《みごも》ったときいたとき、ルイを里に帰したとき、どうしてあれほど悲しそうな顔をしたか、ようやくわかった。ルイの命が終わることを、イオは知っていたからだ。

「おーすけが悲しむと思って、いままで、言えなかっただ……」

子供の涙は、誰にとっても辛いものだ。レンが、慰めるように声をかけた。

「イオ、泣くな。赤子のルイは、無事に育っておる」

「本当か？」と、イオが背中に首をまわす。

「ああ。ルイの遺言で、少し変わった育てられ方をしておるが、ことのほか健《すこ》やかぞ」

と、そのときだけは、やさしい声音《こわね》でトワが続けた。

「赤ん坊は、ルイさんと同じ名なのか？」

「んだ。おっかあが死んじまうから、赤子は同じ名を受け継ぐだ。おらのおかあも、そのまたおかあも、皆イオだ」

「そうか……そうやって、血を絶やさずにきたんだな」

「……だども、このところ、うまくねえだ」

少し明るくなったイオの顔が、また曇った。

「うまくねえって、どういうことだ？」

「赤子が腹の中で死んでいたり、生まれても育たなかったり……」

「イオ、他所者《よそもの》に、あからさまな話をしてはならぬ」

レンによって、話はさえぎられた。女たちは目配せをし、レンひとりがさっき出てきた横穴の中に消えた。

「この男のことは、ひとまずカナデさまに、お任せするよりほかあるまい」

央介に、しばし待つよう告げた。

「カナデさまって、睦月の里長《さとおさ》か？」

耳許でささやくと、イオはこくりとうなずいた。

「長老ってことは、年寄か？」

「んだ。とんでもなく長生きで、何百歳か見当もつかねえだ」

イオが相手では、ちっともひそひそ話にならない。

「滅多なことを申すなと、言うたであろう。子供とはいえ、少しは口を慎《つつし》まぬか」

トワに咎《とが》められ、イオが首をすくめる。まもなくレンが、戻ってきた。

「カナデさまが、お会いになるそうだ。ふたりとも、ついてまいれ」

レンに続き、イオが同じ横穴に潜り込んだ。央介がその後ろにつき、しんがりを
トワが務める。また真っ暗な通路を進み、三つの部屋を経て、畳三畳ほどの大きな
空間に辿り着いた。

黄色い灯りを背に、床に女が座っていた。

「おまえが、央介とやらか。こちらへ」

丸い敷物の上に座した女を、央介は穴があくほど見詰めた。

いくら何でも何百歳はなかろうが、相応の年寄だろうと思っていた。

だが目の前の女は、トワやレンと、そしてルイと変わらぬほどに、若く美しい。

「妾《わらわ》が、里長のカナデぞ」

まるで幻術でも見せられているかのような心持ちで、央介は里長と向かい合った。

「お帰り、イオ。はるばる江戸まで、大義であった」

央介の横で、イオが神妙に手をついてお辞儀する。やはり里長に、間違いないようだ。

おそらく警護の者か、世話係であろう。ふたりの女が両脇に控えていた。この女たちも、やはり若く美しい。ここが暗い穴蔵でなければ、男にとってはまさに桃源《とうげん》郷《きょう》に等しい場所だ。しかし央介は、しだいに違和感を覚えていた。

ここには男も、そして老いた者も醜《みにく》い者もいない。奇妙であり、歪《いびつ》であった。

――睦月の里は明らかに、人の世と自然《じねん》の理《ことわり》から外れている。

己の耳でとらえたわけでもないナギの叫びが、たしかにきこえたように感じられた。

「久方ぶりの里は、懐かしかろう、イオ。他の者にも、顔を見せてやりなさい」

「それどころじゃねえだ、カナデさま！　太郎山が、大変なことに……」

「小出《こいで》とかいう新たな領主が、山を焼き払おうとしておるのだろう？」

イオと央介が、同じびっくり顔で口をあけた。そのさまがおかしかったのだろう、カナデは、笑みらしきものを浮かべた。

「すでに庄の者から、知らせを受けておる。合図をもらい、文を受けとった。以来、領主や配下の動きは、委細《いさい》もらさず伝えられておる」

富士野庄と睦月の里には、央介が思う以上に密な繋がりがあった。

まず、小出の配下が庄に入り、次いで国見屋平右衛門《へいえもん》から早飛脚が届いた。それだけで十分、事の仔細《つまび》は詳らかになる。小出彪助《ひょうすけ》の到着も、イオの帰還も央介の来訪も、あらかじめ知っていたということだ。

「わかっているのなら、一刻も早く逃げてくだせえ！　明日の朝には、山に火が放たれる。この穴蔵じゃ、たしかに火は届かねえかもしれねえが、こうして息ができるんだ。風穴くらいあいてるんだろ？　そっから煙が入ってきたら、お陀仏《だぶつ》じゃねえですか」

「おーすけの言うとおりだ、カナデさま！　この辺には身を隠す山がたんとある。しばらく太郎山を離れて、ほととりが冷めるまで……あれ、ほぼとり？」

央介に続いてイオも加勢したが、途中で怪しくなった。

「ほとぼりだろ、イオ」

「それだ、おーすけ！　ほぼとりが冷めるまで、皆で隠れていた方がええだ」

「……直ってねえじゃねえか」

真剣な訴えが、これではまるで茶番だ。堪《こら》えきれぬようにカナデの喉が鳴り、おつきのふたりの女も、肩に顔を埋《う》めるようにして袖で口許を覆《おお》う。

この里では、着物は不向きなのだろう。背後に控えるトワとレンも、おつきの者たちも、修行僧が用いる作務衣《さむえ》に似た格好をしていた。

ただ、里長のカナデだけは、白の着物に緋《ひ》の袴姿《はかますがた》だった。髪も結《ゆ》ってはおらず、長い髪を、首の後ろで結わえてある。これだけは、里長も里人も同じだった。

「慌てることはない。煙は、高みに上る。たとえ風穴から少しばかり入り込んだとて、睦月神さまのおわす、正殿《せいでん》にまでは届かぬわ」

「本当か、カナデさま？　里に留まって、本当に大丈夫だか？」

「ああ、案ずるな、イオ。睦月神さまは長きにわたり、この地に留まっておられる。似たような災厄に、いく度も見舞われ、これを凌《しの》いできた……たとえご神体に直《じか》に火をかけられたとて、びくともせぬわ」

「まことか、カナデさま？」

「ああ、まことよ。妾はその有様を、この目で見たからな」

ふえええ、とイオが大げさに驚いて、女たちからふたたび失笑がもれる。

「それに、いまは里を離れるわけにはいかぬ。タエが、臨月に入っておるからな。いつ産気づいても、おかしくはない」

「そうか、タエが……睦月神さまのもとでしか、子は無事に産まれん。タエを残して、逃げるわけにはいかねえだ」

ようやく得心《とくしん》がいったように、イオがうなずいた。

「タエとは、久方ぶりであろう。他の者たちにも、イオの顔を見せてやりなさい」

「おら、いっとう初めに、トキと会いてえだ！　トキはな、今年四つになる子で、おらにとっては唯一の妹だ。トキより他は、みいんなおらより歳が上だで。おらがいなくなって、きっとトキも寂しかったに違《ちげ》えねえ。おらもトキと会えるのが、何よりも嬉しくて……」

央介に向かって、イオは夢中で語りかけていたが、大人たちは誰もが顔をうつむけた。

「イオ……トキはすでに、睦月神さまのもとに召された」

え、と丸い目が、大きく見開かれた。

「去年の師走《しわす》、大晦《おおみそか》日に近いころだ」

「そんな……おらが里を離れてすぐに、トキが死んじまったなんて……」

大きな目が、これ以上ないほどの悲しみをたたえ、慟哭《どうこく》の色に染まる。慰める言葉も浮かばず、央介はただ、小さな背を撫でてやることしかできなかった。

「しばしのあいだ、イオを頼む。長旅で疲れてもいよう。何か食べさせて、休ませてやりなさい」

カナデはおつきの片方にイオを託し、イオはしょんぼりとしたまま部屋を出ていった。

「妾はしばし、この若者と話がしたい。おまえたちも、下がりなさい」

「ですが、カナデさま……」

「妾がこのようなこわっぱに、後《おく》れをとると思うか？」

傍らに置いた、脇差に目をやった。こけ脅しではなく、やはりこの里長も、武術の心得があるのだろう。トワとレンがうなずき、おつきの女とともに横穴に姿を消した。

「子供の声というものは、やはりありがたいものだな」

床には座布団ほどの丸い敷物が、いくつも置いてある。そのひとつに座るよう、央介を手で促す。央介が腰を下ろすのを待たず、カナデはぽつりと言った。

「トキが逝《い》って、里の童はイオだけになってしもうた。久しく子供の声が絶えていたからな、先刻のように笑うことがめっきりと減ってな」

「さっき、イオからききました……このところ、うまくないと。その、死産とか、育ちが悪いとか……」

「そのとおりだ。トキも生まれつき、からだが弱うてな……長くは生きられぬとわかっておった。子に障《さわ》りが出はじめたのは、五、六十年ほど前からでな」

「そんな昔から……何か、心当たりはないんですかい？」

「いや、わからぬ……その因《もと》を探しにいったきり、戻らぬ者もおってな」

ふいに頭に、小出の姿がひらめいた。

「もしや、ナギさん、ですか？」

「さよう。ナギのことも、知っておるのか？」

「はい、小出さまから……小出さまは、ナギさんのために、睦月神を手にかけようとしています」

「その話、詳しゅう語ってくれぬか？」

はい、と央介はうなずいた。小出彪助とナギの出会いから、順を追ってカナデに伝えた。

「なるほど、ようわかった。つまりはナギの怨念《おんねん》が、睦月神を葬《ほうむ》り、里を潰そうとしておるということか」

央介の話をきき終えると、カナデは軽いため息をついた。

「ナギは、幼いころより知恵のまわる子供でな。富士野庄にも、誰より多く下りていき、この里との違いを逐一《ちくいち》あげては不思議がっておった」

どうして両親とともに暮らせぬのか、どうして女子《おなご》しか産まれぬのか、どうして死ぬとわかっていて、子を身籠るのか……。ナギの疑問には果てがなく、増えることはあっても減ることはなかった。

「里長たる妾ですら、こたえられぬことが多うてな、あれにはほとほと参らされた」

「あのう……ひとつ、きいてもいいですか？」

怪訝《けげん》な顔で眉を寄せる央介を、何じゃ、とカナデが促す。

「カナデさまは、いったい、おいくつですか？」

少なくとも、ナギの子供時代を知っているということは、五十を過ぎていてもおかしくない。しかし目の前の美女は、どう上に見ても二十五がいいところだ。

切れ長の目に大きな瞳、すっきりとした鼻筋と花弁《はなびら》のような唇、雪のように白い肌。ぞくりとするほどに美しいが、里の他の女たちとも、明らかに違う。

里長の威厳もあろうが、言葉遣いも、妙に時代がかっている。

まるで狐狸《こり》や蛇が女に化けた妖《あやかし》のような、底の知れない雰囲気をまとっていた。

「イオはカナデさまのことを、とんでもない年寄だと言いました。とてもそんなふうには……」

ふ、と片頰だけで微笑んだ。

「そうさな、百を過ぎるまでは数えていたが、そこから先はわからぬ……おそらく、六百五、六十年であろう……妾がそう申したとして、主《ぬし》は信ずるか？」

その話が本当なら、カナデの生年は、平安と呼ばれた御世《みよ》にさかのぼることになる。信じろという方が無理な話だ。冗談ともとれるが、何故だか笑ってすますことができなかった。

「わっぱ、八百比丘尼《やおびくに》の話を、知っておるか？」

「はい……子供のころ、爺さまにきいたことがあります。八百歳まで生きたという、尼僧ですよね？」

央介の祖父は、言い伝えや昔話のたぐいを好んだ。孫を膝に乗せては、よく語り聞かせてくれたものだ。

八百比丘尼伝説は、国中に残っているが、若狭《わかさ》や越後《えちご》をはじめ海沿いの地方に多い。土地によって細部が変わってくるのは伝承の常だ。ただ、この比丘尼伝説には、必ずついてまわるものがある。

「比丘尼は人魚の肉を食らい、そのために歳をとらなかったと。八百年ものあいだ、ずっと若い娘の姿のままで……」

すっ、と背筋が寒くなった。遠くにあるはずの伝説が、となりで白蛇となってとぐろを巻いていた——唐突に、そんな思いに襲われた。冷たい白蛇が、腰から首筋まで背骨を這い上がったようで、ぶるっと大きな胴震いが出た。

気づいたのは、比丘尼の長命の不思議ではない。

八百年ものあいだ、若く美しい娘の姿のままだったという、不老の方だ。

単なる伝説だと、絵空事に過ぎないと、頭ではわかっている。それでもこの不思議を呑み込めば、他の一切の不思議の説明がつく。この里長が六百年以上生きていることも、父の会った先読みがルイではないかということも、里の女たちが、おしなべて若く美しいことも——。

いま央介は、現実と架空のはざまに立っていた。見えない底を覗きながら、崖っぷちに立つような心地がする。その背を押すように、カナデはにやりと笑って告げた。

「その八百比丘尼は、妾の姉じゃ」

「……姉？」

「妾とは五つ違いの姉上でな。八百比丘尼と呼ばれておるが、さすがに八百歳には届かぬ。亡くなったのは百年ほど前でな、名をナギテと言った」

「ナギ、テ？」

「好奇心《すきごころ》が強く、里に隠れ住むことを嫌い、外へ出ていった。子を生《な》せば、里に戻らざるを得ぬからな、尼に身をやつし男を遠ざけた。しかし歳をとらぬ故、ひとところには長くは落ち着けぬ。国々を渡り歩き、やがては旅暮らしにも疲れたのやもしれぬ。ある男と情を通じてな、里で子を産み落として死んだ……名を受けた娘もまた、姉に似たのか、同じうに里を離れた」

「同じ名……ナギテ……ナギ……。まさか！」

「さよう。ナギは、姉上の娘じゃ」

混乱する頭で、必死に考えた。いまの話にはひとつ、腑《ふ》に落ちないところがある。

「五つ違いの姉上と、仰いましたね？　それは、おかしくねえですか？」

己の命と引き換えに、女たちは子を儲ける。だからこそナギも、母の名を継いだのだ。だが、その道理では、双子ではない限り、姉妹が生まれる道理がない。

「妾と姉上は、この里の生まれではない」

「どういう、ことですか？」

「我らはいわば、他所者《よそもの》じゃ。遠い地で生まれ、この里へ辿り着いた。その証しに、イオのような睦月の力はもたたぬ」

「そう、なんですかい？」

「とはいえ、睦月神さまのご加護は受けておるからな、多少の力は得たが、せいぜいただ人よりも勘が鋭いといったところか。里を離れた民が、迷うことなくまた里に戻れるよう、睦月神さまが糸をつける。あの力はいわば、その糸だ」

人には授からぬ帰巣《きそう》という力を与え、結果、さまざまな異能となって現れる。睦月の力は、いわば里人につけられた糸の副産物だと、カナデは説いた。

「おふたりの、お生まれは？」

「姉上は京の都だが、妾は常陸《ひたち》だ。父は平家に仕える侍でな、常陸介《ひたちのすけ》さまをお護りする任につき、ともに常陸に下った」

介とは、いまでいうなら大名だ。ただ何代にもわたって国を治める大名とは違い、四年おきに京の朝廷から派遣された。

「妾は幼いころよりおてんばで、父や兄の真似をして、小太刀をふりまわしては姉に呆れられたものよ」

武術の心得があるのは、その理由からかと、央介は内心で合点《がてん》した。

「されどもよもや、京の都で乱が起きるとは思わなんだ。源氏と平氏のあいだで起きた戦《いくさ》は、知っておろう？」

「源平合戦ですね。十年ほども続いて、末には奥州でも合戦になったと」

源平の戦話なら、男の子なら誰しも知っている。読本《よみほん》、義太夫《ぎだゆう》、芝居と、いずれも胸がわくわくしたものだが、実際の戦はただ血なまぐさく、悲惨なものなのかもしれない。その光景を見ているように、カナデの顔が翳《かげ》った。

「当家は平氏に連なる者であり、常陸介さまをお護りせねばならなかった。京に戻ることもままならず、源氏の兵に追われるようにして北へ北へと逃げた。一年ほども陸奥《むつ》をさまようううち、いつしかちりぢりになり父や母ともはぐれてしもうたが、どうにかこの地へ辿り着いた」

姉妹は、わずかな女房や家来とともに、富士野庄へ落ち延びた。カナデが九歳、姉は十四になっていたという。

「富士野庄は、古《いにしえ》より京の都と縁があってな。我らを迎え入れ、戦が収まるまでは睦月の里に隠れているよう計ろうてくれた」

三人の家来は富士野庄に残ったが、事情を知った睦月の民は、姉妹と四人の女房を里に受け入れてくれたという。

「妾の昔語りは、これで仕舞いじゃ。どうだ、主は信じるか？」

つい話に釣り込まれてしまったが、改めて問われるとこたえに窮した。

八百比丘尼の伝説と同様、ただの不思議話にもきこえるし、美女がうっすらと浮かべる笑みも、央介を担いで面白がっているようにしか見えない。

「えぇっと……」

たどたどしい口よりも早く、別なところからこたえが返った。央介の、腹の虫である。

ぐううう、と場違いな音が盛大に鳴りひびき、思わず赤面した。富士野庄を出てから、けっこうな時が経っている。そのあいだ水しか飲んでおらず、腹の虫が騒ぎ出したのだ。

堪えきれぬように、カナデが声を立てて笑う。

「どうやら昔話より、飯を食わせた方がよさそうだな」

「すみません……」

カナデが立ち上がり、背中を向けた。ここにも玄の間と同様、壁がくり抜かれ、黄色い灯りがともっている。灯りのとなりにあった蓋のついた籠を、カナデはあけた。

「胡乱《うろん》な者どもがうろついておる故、魚や木の実をとりにゆけなくてな……いま里にあるのは、これだけだ。満腹とはいかぬだろうが、少しは腹の足しになろう」

籠からとり出したものを、大きな葉の上に載せる。それを央介の膝元に置いた。

春に出まわる菜の花に似た、緑色の茎だった。

「これは……睦月草ですね？　そういや、茎は食えると、イオが言っていた」

「生で食すと、多少の苦みは残るがさほど気にならぬ。里でもっとも深い場所に生えていてな、一年中絶えることがない……我らにとっては、何よりありがたい命の恵みだ」

――何だろう？　最後の台詞《せりふ》が、何故か心に引っかかった。何か大事なことを、見落としているような気がする。

しかし躊躇《ためら》いは、すぐに消えた。目の前の草から、得《え》も言われぬ良いにおいがしたからだ。央介は考えることをやめて、葉っぱの皿に手を伸ばした。菜の花に似た草を、一本つまみ上げる。口許に寄せると、その香がますます強くなった。

よく似たにおいを、央介は知っている。遊び仲間と、岡場所通いをしていたころだ。

その草が放つのは、女のにおいだった。白粉《おしろい》ではなく、湿った女のからだに浮いた、汗の香りだ。淫靡《いんび》で甘く、男を捕えて放さない。本能のまま、ぱくりと頬張ろうとしたときだった。

「おーすけ！　食っちゃならねえ！」

きき慣れた幼い声が、央介を幻惑から遠ざけた。

「イオ……」

いまだぼんやりしている央介の手からそれをとりあげ、床にたたきつけ、葉の皿をひっくり返して、上にあったものを床にばらまいた。

「おーすけ、睦月草を食ってはならねえだ。これは、毒になるだで」

「これは異なことを……我らも毎日、食しておるではないか」

なだめるように、カナデが微笑む。しかしイオは、気を抜かなかった。

「女子には、障りはねえ。だども男が食らうと、たちまち腹を下して死に至る」

「イオ、何故それを？　たとえ里人といえど、子供にはきかせてはおらぬ話だ」

「ルイが、教えてくれただ」

「……ルイさんが？」

「んだ。帰りがけ、わざわざおらを引き止めて、耳打ちしてくれただ」

そういえば、と央介も思い出した。初めてルイと会った日のことだ。イオを呼び戻し、内緒話のように何事かささやいていた。

「ルイには、何か見えたのかもしれね。おーすけに睦月草を食わしてはいけねと、教えてくれた。だからおら、里の内では決しておーすけの傍《そば》を離れぬつもりでいたのに、トキが死んだときいて、うっかり忘れちまっただ。すまね、おーすけ」

「イオ……」

やせっぽちの小さなからだで、懸命に央介の楯になろうとしてくれる。それだけで胸がいっぱいになり、すきっ腹にもかかわらず、からだの底から力がわいた。

「この里に男が足を踏み入れた上は、始末せねばならぬ。イオ、おまえひとりでは、このわっぱを護ることはかなわぬぞ」

「おらには、鏡の力があるだ」

「イオの力は、ここの者にはきかぬ。おまえも承知しておろう。里人には、罪などないからな」

「んだ……だども、カナデさまにだけは、きくはずだ」

ぐん、とイオの目が広がった。その目をカナデはしかと捕らえ、唇には薄笑いさえ刻んでいる。しかしそれは、ただの強がりだった。からだがかすかに揺れはじめ、額にびっしりと浮いた汗の玉が、こめかみをつたい頬にこぼれた。

「……よせ、イオ」

声にはすでに、畏れが滲《にじ》んでいる。それでも余裕の笑みだけは崩さない。なみなみならぬ精神力で、カナデは必死に堪えているのだ。まるで立ったまま、からだを切り刻まれているのに等しい。央介には、この里長の苦しみが、手にとるようにわかった。

「イオ、もうやめてやれ。もう、十分だ」

央介に乞われ、イオは目を閉じた。とたんに芯を抜かれたかのように、どさりと重い音を立て、カナデのからだは床に落ちた。顔を伏せ、床に両手をついて、荒い息を吐く。

「おら、気づいていただ……カナデさまだけは、おらの目を嫌がってると。平気なふりをしていたども、おらの前では決して気を抜かね。きっとカナデさまは、大きな罪を犯したに違えねえとわかっていただ」

「……六百年も生きておれば、その分罪も重なろうというもの。それだけよ」

気丈にこたえたが、やはり顔を上げようとしない。ふたたび慟哭にとらえられるのが、怖いのだろう。慰めるように、央介は言った。

「イオの目が映すのは罪じゃない。人の中にある良心でさ」

「わっぱが、知ったふうな口を……」

「本当だで、カナデさま。おら、江戸で色んな人に会ってわかっただ」

長旅を終えた子供が、あれもこれも親に報告するように、イオが夢中になって江戸での仔細を語る。兎みたいにとびはねるイオの話をところどころで補いながら、央介は最後に言った。

「カナデさまも、同じでさ。イオの目を見て辛いのは、犯した罪と人らしい心とが、カナデさまの中でせめぎ合っているからでさ」

ふいにカナデが、顔を上げた。じろりと央介をにらみつける。

「だからわっぱが、生意気な口をきくなと言うたろうが……おまえごときに諭されるなど、妾には我慢がならぬわ」

身を起こし衣の乱れを直すと、敷物の上に胡坐《あぐら》をかく。すでに里長は、己をとり戻していた。絶えず浮かべていた優雅な笑みが消え、ひどく不機嫌そうだ。それでも向けられた眼差しで、央介は気づいた。まるで虫を見るようだった目が、人を相手にするものに変わっている。イオのおかげで、最大の危機は去った。察した央介は、己も居住まいを正した。

「カナデさま、おれはずっと考えてました。どうしておれは、睦月の里に呼ばれたのだろうと。おれをここに呼んだのは、やはり睦月神さまのように思えます」

「……睦月神さまが、おまえを？」

里の災厄を知らせるためだと、最初はそう思っていた。しかしカナデはすでに富士野庄から知らせを受けて、とっくに知っていた。

「ただ無駄足を踏ませるためだけに、神さまがおれを連れてくるはずがない。おれはここで、この睦月の里で、何かなすべきことがあるはずです。何なのか、おれにもまだわかりません。ただ、それを確かめるまでは、おれを始末するのは待ってもらえやせんか？」

カナデは真意を確かめるように、じっと央介に目を据える。

「できれば睦月神さまに会って、直にわけをきいてみてえんでさ。お願いです、カナデさま。おれを、睦月神さまに会わせてくだせえ」

「会ったところで、睦月神さまと語り合うことはできぬ。それは我らとて、同じだ」

「駄目ですか……」

がっかりする央介に、しかしカナデは言った。

「したが、主の話にも一理ある。里が危うきことはたしかであり、見たところは武術も知恵もたいしたことはなさそうな、ただのわっぱに過ぎぬが……睦月神さまは、主に何らかの役目を負わさんと、なされておられるのやもしれぬ」

「それじゃあ、カナデさま」

「よかろう。主の役どころがわかるまで、命はとらぬ」

カナデが請け合って、ひとまず央介の首は繋がった。安堵《あんど》の息をつき、央介は改めてカナデに乞うた。

「話はできずとも、せめて睦月神さまを、拝ませてもらえやせんか？　ご本尊かご神体かはわかりやせんが、挨拶くらいはしておきてえんです」

「主はすでに、睦月神さまに会《お》うているぞ」

「え？　いつのまに？」

急いで部屋の内を見まわしたが、神棚らしきものも見当たらない。

「イオ、先刻は罰当たりな真似をしおって。睦月神さまに、お詫びせぬか」

イオは慌ててひざまずき、さっき床に撒いた睦月草をていねいに拾い上げた。また皿に戻し、手を合わせる。

「さっきは、手荒な真似をしてすまねかっただ、睦月神さま。おーすけが危ねえところだったから、許してくれろ」

「……まさか」

「睦月草こそが、我らが神。すなわち、睦月神さまだ」

カナデが、厳かに告げた。

「この草が、睦月神？」

人に異能を授け、不老不死という壮大な力を与えしもの――。神と呼ばれ、長くこの地で敬《うやま》われてきた存在――。それが、このちっぽけな植物だというのか。

だが、央介が何を問うより早く、レンが横穴からとび出してきた。

「カナデさま、タエが産気づきました！」

「すぐに神殿にはこべ！　妾も降りる」

ふり返りもせず、カナデはレンとともに、横穴に姿を消した。

「赤子は皆、睦月神さまのおわす神殿で産まれるだ。おらたちも行こう、おーすけ」

「え？　お産だろ？　男が見ちゃあ、ならねえものだ」

「おーすけに、睦月神さまの本当の姿を見せてやるだ」

イオはついてくるよう促して、横穴へと潜り込んだ。

ふたたび、真っ暗な通路を進んだが、思ったほどは難儀しなかった。横穴の天井が、行くごとに高くなってきたからだ。腹這いから中腰に、終《しま》いには腰をかがめる程度ですんだ。

やがて行く手に、外かと見紛うほどの、強い光が見えてきた。黄味が強いから、やはり睦月草のものだろう。しかし壁際でともっていた儚《はかな》い光とは、明らかに違っていた。

「これは……」

横穴を抜け、央介はその場に立ち尽くした。

思いがけぬほど巨大な、鍾乳洞《しょうにゅうどう》だった。天井ははるか上方にあり、広さも武家屋敷の敷地ほどはありそうだ。わずかな岸を残し、そのほとんどが青い水を湛《たた》えた泉で占められていた。

そして泉の真ん中に、ありえないものが浮かんでいた。

大きな、満月である。

黄色く輝く、千畳もありそうな月は、闇を皓々《こうこう》と照らしていた。

「これが、睦月神さまだ」と、イオが告げた。

泉はごく浅く、大人の膝ほどの深さしかない。水底から生えた何千本もの睦月草は、集まり絡み合い、月の光を放つ堅牢《けんろう》な浮島と化していた。

「地の底に、月が……」

「ずっと昔、睦月は、陸の月と書いたそうだ」

「陸の月……」

その陸の月の上に、十数人の女たちの姿があった。目を閉じ車座《くるまざ》になり、低い祝詞《のりと》を呟いている。中にカナデの姿もあるが、央介たちにはまったく気づかぬようだ。お産の前の儀式だと、イオが告げた。

背後にある横穴から、慌ただしい気配がした。岸の処々には、地面から垂直に鍾乳石が突き出す。イオは央介の手を引っ張って、その陰に隠れた。待つほどもなく、トワとレンを含む、四、五人の女たちの一団が横穴から現れた。レンを含む数人が、腹の大きな女を両脇から支えるようにして、泉に浮かぶ月へとはこぶ。水音とともに、女たちの白いすねが垣間見える。続いて三々五々、神殿と呼ばれる鍾乳洞に、女たちが集まりはじめた。

どの姿も若く美しい。どこか半信半疑でいた不老という真実が、急に実態をもって立ち上がってきた。ひそひそ声で、央介はたずねた。

「里の民は、どのくらいいるんだ？」

「トキが死んじまったから……四十二だ」

「たった、それしかいねえのか？」

「もとは睦月神さまのご加護で、子が死ぬことはなかっただで、何も心配は要らねかった」

お産は常に、死ととなり合わせである。この里に限らないが、外の世界では、母親よりむしろ子の命の方がより危うい。流産、死産は多く、たとえ無事に産まれても、三歳の誕生を待たず、亡くなる命も多かった。七五三を祝う風習も、それ故だ。

しかしこの里では、母親の命と引きかえに、子は間違いなく産まれ、育つという。

「それが、睦月神の加護ということか……」

双子が授かることもまずなく、女たちはひとりの女の子を産み落とし、死んでゆく。つまりは、里の民の数は一定に保たれ、増えることも減ることもなかった。

「だども、ここ何十年か、赤子や子供が死ぬことが多くなって、里の者の数は減っちまった。この里にはもう、童はおらだけで、赤子はルイの子供だけだ」

イオの心細さは、央介にも十分察せられる。しかし央介は、別の違和感を口にした。

「それなら、子を産まなけりゃ、いいだけの話じゃねえのか？　もしもカナデさまの話が本当なら、お産さえ避けて通れば、おまえたちはいわば不老不死なんだろう？」

「そうも、いかねえだ……お産は、睦月神さまのために、しなければならねえだで」

「睦月神さまのため？　あの草が、睦月草が、何だって……」

央介の問いかけは、ひときわ大きなうめき声にかき消された。

カナデたちが祝詞をあげていた場所に、タエがはこばれた。黄色い灯りのような花が、布団の代わりのようだ。睦月草の褥《しとね》に横たえられる。かなり遠目とはいえ、産婦はこちらに足を向けている。央介の尻が、にわかにもじもじしはじめた。

「イオ、やっぱり男は、見ちゃならねえと思うがな」

「怖いだか、おーすけ？」

「こ、怖くなんかねえよ……。ほら、お産てのは往々にして、とんでもなく時がかかるじゃねえか。うちの二軒先の若内儀《わかおかみ》なんて、産気づいてから産まれるまで、丸一日以上もかかったぞ」

「睦月の里のお産は早え。そんなにはかからね」

「だがよ……」

タエの声が、ふたたび央介を襲い、からだがびくびくっとなった。岩の天井にまでこだまする声は、すでにうめきではなく叫びだった。

傍《かたわ》らに張りついたカナデが、タエの手を強く握った。タエに向かって、低い声で励まし続ける。央介を始末しようとした、山姥《やまうば》のような恐ろしい気配はすでにない。里長として民を支え、何十、何百という死と生を見届けてきた、厳しくも慈愛《じあい》に満ちた姿がそこにあった。

「おらも、怖い……タエが死ぬところを見るのは、おらも怖えだ」

「イオ……」

央介は、腹を据えた。石の上にどっかと胡坐をかき、重石《おもし》代わりにイオを膝に乗せた。

「おし、これでいいだろ。おれがついててやるから、イオはこっからタエを見守ってやれ」

うん、と、イオは首を真上に向け、央介と目を合わせた。

蟻の巣のような穴蔵と違い、ここだけは床も天井も壁も、鍾乳石で覆われていた。洞窟から落ちる滴《しずく》が、何万年もかけて煮凝《にこご》ったような、滑《なめ》らかな灰白色《かいはくしょく》の石に、睦月草は根を張っているのだろうか——。

膝の上の火鉢を抱えながら、尻から伝わる冷たさを我慢した。

「おーすけは、かぐや姫を知ってるだか？」

タエの苦悶の声が、辛かったのかもしれない。ふいにイオが言った。

「竹取物語だろ？　竹取の夫婦に育てられ、やがては月に帰ったという伝説だ」

「この里では言い伝えでなく、本当の話として残っているだ。かぐや姫が帰ったのは、天の月でなく、この里だ」

え、と央介は、抱えているイオに目を落とした。

「天の月じゃあなく、この陸の月へ、帰った……」

突拍子《とつぴようし》もない話だが、少なくとも天に飛び去るよりは、なるほどとうなずける。

「かぐや姫はな、本当は里には帰りたくなかっただ。京の都には、楽しいことがたんとある。ずうっと都で暮らしたいと願っていただ。だから初めのうちは、公達《きんだち》の誘いを断っていただ」

「そうか……火鼠《ひねずみ》のかわごろもだの、燕《つばめ》の子安貝《こやすがい》だの、無理難題をふっかけたのはそのためか」

姫はそうやって、五人の求婚者を退《しりぞ》けた。しかし最後には、月に帰ってしまった。

「てことは、結局は、子を身籠ったということか？」

「んだ」

「相手は、子供の父親は誰なんだ？」

「わからね。里にとっては、どうでもいいことだで」

「そいつは男として、聞き捨てならねえな」

袖にした五人の公達のうちのひとりか、あるいは別の誰かか、もしかすると時の帝《みかど》だったかもしれない。頭の中で物語を辿るうち、央介は思い出した。

「そういや、物語の最後に、不死の薬が出てくるな。あれはひょっとして……」

「んだ、睦月草だ」

「つまり姫は、帝を殺そうとしていたのか？」

男が口にすれば死に至る。姫がそれを知っていたとしたら——。尻の下がさらに冷たくなったようで、背中がぞわぞわする。

「帝に睦月草を渡したのは、姫でなく、迎えにいった里の者だで」

帝は姫に執心《しゅうしん》していた。時の帝がその気になれば、里まで追手をかけるやもしれない。それを危惧《きぐ》して里の者は、不死の薬だと教え、睦月草を与えた。しかし帝は、姫のいない世に永らえても詮無《せんな》きことと、国でいちばん高い山の天辺で、薬を燃やせと命じた。

「不死から転じて富士となり、以来、富士山と呼ばれるようになった……要らぬ欲を出さなかったからこそ、帝は助かったってことか」

「んだ。富士野庄も、同じ謂《いわ》れだで」

「もしや、前の領主の氏家家も、かぐや姫と何か関わりがあるのか？」

「よくはわからねども、そうきいただ」

カナデが里に入るより、さらに何百年も前の話だ。富士野庄の前領主であった氏家家の先祖は、竹取の翁《おきな》であったとか、あるいは姫の身籠った子の父親だったとか、諸説残っているという。

「だどもおらにも、ひとつだけわかるだ。あれほど里に帰るのを拒んでいたのに、かぐや姫は子を宿した。きっと相手の男を、心の底から好いていただ」

くふ、と嬉しそうにイオが、膝の上で身じろぎする。それから真上に顔を仰向けた。

「おらがかぐや姫みてえになったら、おーすけの嫁こにしてくれるだか？」

「おまえが、かぐや姫に？　そりゃ、ねえだろ」

「里の女子は、皆きれいだろ？」

「たしかに、不器量《ぶきりよう》はひとりもいねえが」

「これも睦月神さまのお恵みだで。おらも大人になったら、別人みてえな別嬪《べっぴん》になるだ」

味噌っ歯を見せて、にかりと笑う。

「それっぱかりは、信じられねえ」

央介が、頑固に首を横にふる。

「それに……たとえイオが別嬪になっても、嫁にはしたかねえな」

「どうしてだ？」

「嫁にして子ができたら、イオは死んじまうんだろ？　そいつは嫌だ」

イオは顔を戻し、そうか、とため息をつく。

「イオが別人になっちまったら、ちょいと寂しいしな」

と、イオの頭の上に、顎《あご》を載せた。

「世辞にも美人とは言えねえが、イオはイオのまんまでいい」

心から、そう思った。くふ、と顔の下のイオが、もう一度嬉しそうな声を立てた。

ほのぼのとした空気は、長くは続かなかった。

この神殿と呼ばれる鍾乳洞には、いくつかの横穴があいているようだ。泉をはさんで央介とは反対の方角から、トワが姿を見せた。央介を見つけたとき以上に、その顔は緊張をはらんでいた。

「カナデさま！　戌亥《いぬい》の口が、侍たちに見つかりました！　大勢でとりついて、穴を広げんとしておりまする」

　ざわりとした不穏な空気が、たちまち神殿の高い天井にまで満ちた。

「この隠れ里を、おいそれと見つけられるはずがありませぬ。まさか、イオたちがつけられたのでは？」

　タエの傍にいたレンが里長に告げ、央介までがひやりとする。

「いや、睦月童たるイオが、追手に気づかぬはずはない……戌亥の口は、もっとも神殿までの道程が短い。おそらくはナギから教えられ、場所の見当をつけていたのであろう」

「ひとまず我らが、食い止めまする。手のあいた者は、我に続け」

　トワが勇ましく声を張ったが、カナデはそれを止めた。

「よい、トワ、捨ておけ」

「しかし、カナデさま……」

「いくら武に秀でた主たちでも、数には敵《かな》わぬ。タエの産が終わるまで、我らは動けぬからな。散ればかえって敵に捕まる。見張りに立つ者も、すべて神殿に集めよ。いまは里人が、ひとつところにおるのが一の策じゃ」

「心得ました」と、トワは身をひるがえして、また神殿の奥へと消えた。

「連中の目当ては、睦月神さまぞ。遅かれ早かれ、この神殿に辿り着こう。それまでにタエには、産を終えてもらわねばならぬ……頼むぞ、タエ」

ふたたびカナデが、強くタエの手を握る。

その声が届いたのか、応じるようにタエの絶叫が響きわたった。

と、不思議なことが起こった。

タエの褥となった睦月草が、静かに瞬きはじめた。

黄色い光を湛えた花が、まるで蛍《ほたる》のように明滅する。ただ、蛍のように消えることはなく、鞴《ふいご》で空気を送られた炭のごとく、黄色の輝きを増す。何千何万もの睦月草がいっせいに、同じ瞬きをくり返すさまは、まるで草が意志をもっているかのようだ。

タエの叫びが、止まらなくなった。

地底にこだまし、からだ中が縮み上がるほど央介が怖気づく。ルイもまた、これほど苦しみながら、死んでいったのだろうか——。たまらず腕の中のイオのからだを、すがるように抱きしめた。

目を閉じなかったのは、イオがいたからだ。前にまわした央介の手をしっかりとつかみ、大きな目でじっとその光景を見ていたからだ。

しかしタエの苦しみようは、尋常ではなかった。まるで生きたまま火に焼かれるようにのたうちまわり、何人もの女が、そのからだにしがみつき押さえ込む。

突き出された両手が、宙をかく。

ひときわ鋭い断末魔《だんまつま》の叫びとともに、タエの腹が縦に裂けた。

股のあいだから乳房の下まで、破れるように大きな亀裂《きれつ》が走り、裂け目から血が噴き出した。下からの強い光に照らされて、そのようすが央介の目にもはっきりと映った。

とたんに、猛烈な吐き気に襲われる。イオを膝から押しのけて、からだをひねり、央介はその場で吐いた。胃の中はほとんど空っぽであったから、中身はたいして出てこない。それでも、己が吐いたものにさえ、血のにおいが混じっているような気がする。

「大丈夫か、おーすけ？」

背中を撫でてくれる小さな手が、辛《かろ》うじて央介を正気に留めてくれた。

「見ろ、おーすけ。あれが、睦月神さまだ」

イオの声に促され、肩越しにそろりとふり返った。

「何、だ……これ……」

「これが睦月神さまの、本当の姿だ」

地底に穿《うが》たれた大きな泉と、その真ん中に漂う月。

その月は、禍々《まがまが》しいほどの血の色を成していた。

第七話　睦月神

「赤い……月」

まるでタエの血を吸っているように、黄色い満月の中心が真っ赤に染まり、しだいに大きくなっていく。赤い輪は、やがて端まで届き、夕日よりも赤い陸の月が、目の前に現れた。

「これが、睦月神《むつきがみ》なのか……」

月を呈し、赤く光る花々は、ただの草には見えない。やはり意志をもち、人を支配する、何物かに見えた。ただ、あまりに生々しいその色は、神と呼ぶにはためらいが生じる。

人の生血を吸う、得体《えたい》の知れない化け物――。央介には、そう映った。

そして、巨大な赤い月の真ん中で、さらに不思議なことが起きた。

息絶えたタエのからだが、見る間に朽ちていくのである。本当にからだ中の血を、睦月草に奪われてしまったのかもしれない。みるみるしぼみ、朽ちた木のような木乃伊《ミイラ》となり、やがては火のついた枯れ草のごとく、骨さえも黒い炭と化し、崩れていく。

「何だ、これ……どうして、こんな……」

血ばかりでなく、からだごと睦月草に吸いとられたかのように、タエのからだは塵《ちり》となり、跡形もなくなった。

「里の女は、皆こうやって死んでいくだ。子を産むのと引きかえに、睦月神さまのもとへと還っていく」

「還るって、何だよ？　おまえたちだって、ああして生まれた人の子じゃねえのかよ！」

央介は、裂けたタエの腹からとり出された赤子を指さした。産婆らしきふたりの女が、懸命に赤子を介抱していたが、元気のいい泣き声も立てず、ぐったりしている。

「生きろ！　おまえの母が、命と引きかえに授《さず》けた生ぞ！」

カナデは自ら赤子の肌を叩き、逆さにしてふってもみる。小さな生を必死で叱咤《しった》するが、赤黒いかたまりは動かない。

「カナデさま、無理です……この子はもう……」

産婆役の女が、涙ぐむ。血が滲《にじ》みそうなほど、カナデは唇を噛みしめた。

潰《つい》えた小さな命が、ていねいに布にくるまれる。時をかけて、やはり睦月草のもとへと還っていくのだと、悲しそうにイオが告げた。

重苦しい静寂が神殿に降り、赤い月だけが、皓々《こうこう》と輝いている。

しかし弔意《ちょうい》に浸るいとまさえ、いまはなかった。

戌亥《いぬい》の口に通じる横穴から、不穏な気配が近づいてきた。

カナデの動きは、迅速だった。

「レン、妾の太刀を！　トワ、弓矢の仕度は？」

「すでに整《ととの》うてござります！」

この里には、武人の役目を果たす者が、十四、五人はいるようだ。トワを先頭に、五人の女が弓を構え、残りの者たちは太刀や、銛《もり》に似た短い槍を手にしている。中でもカナデの太刀はとび抜けていて、日頃、江戸の町で見かける侍の差料《さしりょう》よりも、長さも幅もひとまわり大きな代物だった。

「睦月の女は、勇ましいな」

「山で鹿や猪《しし》を、獲ることがあるだで。トワは、飛ぶ鳥も落とせるぞ」

「強《つえ》え者同士だと、人死にが出るかもしれねえ……おれは正直、カナデさまにも小出さまにも、死んでほしくねえや」

ほどなくして戌亥の側の横穴から、侍が姿を見せた。しかしたちまち矢が放たれて、慌てて横穴に逆戻りする。弓矢に阻《はば》まれて、侍たちはどうしてもそれ以上踏み込めない。しかし同じことが、いく度もくり返されるうち、央介にも小出の腹が見えてきた。矢は無限ではなく、やがて尽きる。小出はそれを待っているのだ。

「どうやら、賢《さか》しい知恵ははたらくようだの」

カナデにも、読めたようだ。弓矢が尽きるより前に、四人の槍手をさし向けた。槍が横穴に向かって投げられて、命中したに違いない。中から、鈍い悲鳴があがった。槍には蔓《つる》が巻きつけられて、槍手が引けば、また戻ってくる。しかしこれも、いく度か続くうち、相手に得物《えもの》を奪われてしまった。

そして、満を持して、侍の一団が姿を現した。

先頭にいるのは、小出彪助だった。

残してあった弓矢が、いっせいに放たれる。小出と家来衆は、刀でこれを打ち払う。家来の肩や腕を貫いた矢もあるが、ほとんどは刀に阻まれて地に落ちた。

「我らは、戦いに来たのではない。女子《おなご》を傷つけるつもりはない故、刀を収めてくれぬか！」

小出の声が、洞の内に響きわたる。証するように、自身の刀を鞘に収め、家来たちもそれに倣《なら》う。

「我らが里に、かような無体《むたい》をはたらいておきながら、いまさら何を言うか！」

応じたのは、カナデの声だった。カナデの姿を見極めて、小出は問うた。

「そなたが、里長《さとおさ》か？」

「さよう。わっぱが、新たな富士野庄《ふじのしょう》の領主か」

数百年の齢《よわい》を経たカナデにとっては、小出も央介と同じ、こわっぱに過ぎないのだろう。

小出は怒ることもなく、一、二歩、カナデに近づいた。たちまち女たちの殺気がふくらみ、そこで足を止め、カナデをじっと見つめた。

「そなたが、ナギの叔母か……やはり面差《おもざ》しが似ておるな。それがしは、ナギと夫婦の契《ちぎ》りを交わした者だ」

「夫婦だと？　小賢しい。我らにとって男は、子種を得るための道具に過ぎんわ」

「この里から離れぬまま、数百年を経た身にはわかるまい。ナギは、叔母であるそなたのために、里を潰してほしいと願ったのだ」

「……さような世迷言《よまいごと》を、信じると思うてか？」

「まことだ。お主は五百年ほど前に罪を得て、ために里長として終生、この地の底に縛り続けられる宿命《さだめ》を負った。睦月神を屠《ほふ》り、叔母と里の民を解き放ってほしい。それだけを乞いながら、ナギは死んだ。十二年もの歳月はかかったが、その約束を果たすために、おれはここに来た」

「睦月神さまを屠り、我らを解き放つだと？　それこそ、ナギの世迷言よ」

カナデは、鼻で笑った。

「我らは誰も、かようなことは望んでおらぬ。睦月神さまは、我ら女子が何よりも乞い求める、永久《とわ》の美と若さを与えてくださる」

「そのようなものは、幻に過ぎん。お主らはただ、一介の草に宿られ、血肉とされているに過ぎん」

「どのように説いたとて、男《おのこ》にはわかるまい――老いてゆく己に、女子がどれほど焦り慄《おのの》くか」

「老いは、男女の別なく等しく訪れよう」

「等しくとは笑止な。男の造りし世で、大手をふっているからこそ言えること……女子が何故、美しくあらんとするか。何故老いを恐れ、若くあらんとするか――。それはな、男が絶えず、若く美しい女子を求めておるからよ」

老いという誰もが直面する現実は、女から美を遠ざけ、子を産むという役目すら奪う。女としての価値を失ったとたん、男は見向きもしなくなる。女は誰しも、その不安から逃れることはできない――ここにいる睦月の女たちより他は。

数百年を経たカナデでさえも、ただ見かけが若く美しいというだけで、男たちは群がるだろう。浅はかな男の欲こそが、美と若さへの、女のあくなき希求の大本でであるとカナデは断じた。

「睦月神さまは、世のすべての女子が願ってやまない望みを叶えてくださった。女子が絶えず心に抱えもつ懼きから、解き放ってくだされた。たとえ辛い末期が控えておろうとも、十二分に釣りがくる」

「そのために、愛しい者とも添い遂げられず、我が子を抱くことすらかなわない……それもまた、女子の幸せではないのか？」

死んだナギを思い出したのだろう。小出が呻《うめ》くように反駁《はんばく》する。

「愛だの恋だのと小賢しい。所詮いっときの幻ぞ。裏切るのもまた、男であろう？」

カナデの目に、皮肉な苦笑がまたたく。

「少なくとも、睦月神さまは我らを裏切ることはない」

「……睦月草は、神ではない。意をもたぬ草に過ぎぬ」

頑迷な小出の姿が、カナデの逆鱗にふれた。

「黙れ、わっぱ！　我らが神を愚弄するか！　おまえたちの信ずるどの神に、かような業《わざ》が成し得ようか」

怒声がうわんとこだまし、しかし小出は一歩も怯《ひる》まない。

「きけ、カナデ！　もう一度言う、睦月草は神などではない。子を産む折に流れる、女子の血のみを糧《かて》とする、いわば血吸い草だ。その稀《まれ》な餌を得るために、人とは外れた輪廻《りんね》へといざなう。おまえたちはもはや、人から外れし者、いや、命の理《ことわり》からすら、はじき出された者たちだ。おれは、おまえたちを人に戻さんがために参ったのだ！」

江戸では常に、怜悧《れいり》な表情を崩さなかった。小出とは思えぬ熱弁に、央介の胸が熱くなった。ただ残念ながら、カナデの心には届かなかったようだ。

「言いたきことは、それだけか？」

小出の思いを断つように、ぶん、とカナデは刀をひとふりした。

「いかに世の常から外れていようと、我らはこの地で、千年にもわたる時を過ごしてきた。我らには我らの理《ことわり》があり、たかが二、三十年を経たこわっぱに、わかろうはずもない。あくまで睦月神さまに仇《あだ》なすつもりならば、斬って捨てるより他はない。妾はこの里の長であるからな。睦月神と里の民を、守らねばならぬ」

互いに譲らず、主張はどこまでも噛み合わない。小出も、説得は無理だと諦めたようだ。

「これほど申しても、わからぬのなら致し方ない。カナデ、おれと一対一で勝負しろ。いたずらに怪我人を増やすよりは、ましであろう」

「ふん、面白い。受けて立とう」

トワたちは止めたが、カナデは皆を下がらせた。小出もまた、家臣を背後に退ける。

「いざ、尋常に勝負と参ろう」

小出は言ったものの、刀を抜こうとしない。

「何故、太刀を抜かん？」

「これがおれの流儀だ」

「妾を、馬鹿にするつもりか！」

カナデの太刀が頭上に閃《ひらめ》き、斜めにふり下ろされる。すんでのところで小出はかわしたが、次のひと太刀は真横から襲い、のけぞった小出の鼻先をかすめた。

いまにも小出のからだが斬り裂かれそうで、怖くて見ていられない。央介はイオとともに、隠れていた鍾乳石から身を乗り出した。

「いつまでも逃げ果《おお》せると思うてか！　これで終わりぞ！」

太刀を握ったカナデの両手が、真上にふり上がり、その瞬間、ずっ、と小出が動いた。腰を低く落とし、その左腰から、緋色《ひいろ》の月を映した赤い閃光がひらめく。刃は下から斜めに、カナデの腹と胸を裂いていた。

里長のからだが前のめりに崩れ、辛うじて倒れることなく膝をつく。

「居合《いあい》だ。戦国の世に興《おこ》ったというからな、里長は知らぬはずだ。ナギがおれに、知恵をつけてくれたのだ」

「おのれ……妾をたばかりおって……」

なおも抗《あらが》おうと、ゆらりと立ち上がる。その首筋に手刀《しゅとう》を入れ、気を失った里長のからだを、小出が抱きとめる。

「カナデさま！」

「よくも、カナデさまを！」

「動くな！　里長の首を落とされたいか！」

駆け寄ろうとした女たちを、小出が一喝《いっかつ》する。里長を人質にされては、どうしようもない。トワをはじめとする里人が、悔しそうに動きを止めた。

しかしまず小出は、カナデの手当てを命じた。白布できつく縛られ、血止めが施《ほどこ》される。

それから身振りで、何事かを指図した。家臣たちが、慌ただしく動きはじめた。トワたち武人の武器をとりあげ、他の者たちは、横穴から樽や壺をはこび入れる。

「何を、するつもりだ？」と、トワがたずねた。

「睦月神を、焼き払う」

央介が、鍾乳石の陰ではっとなった。小出は最初から、太郎山ではなく、睦月草を焼き払うつもりでいたのだ。たちまち女たちが騒然となり、誰も彼もが無体を咎《とが》める。

央介もそれ以上、じっとしていられなくなった。イオとともに隠れていた場所からとび出して、小出のもとに駆けつけた。

「小出さま、やめてください！　睦月草がなければ、里の民は死んじまうかもしれません！」

「おまえか……ここへは来るなと申したというに」

央介とイオを認め、小出はかすかに眉間《みけん》を寄せた。

「お願いです、小出さま。里人のからだは、睦月草と深く繋がっています。焼いちまったら、イオたちもきっと、無事ではすみません」

央介の懸命の嘆願《たんがん》も、小出はまったくとり合おうとしない。

「央介、女子たちとともに、外へ出ろ。里長は、おまえが背負うてやれ。我らが広げた道を行けば、さほどの難儀はなかろう」

「小出さま！」

「早《はよ》う！」

もはや何人《なんぴと》も、小出の決心を変えることはできない。トワに手伝ってもらい、ぐったりとなったカナデのからだを背中に乗せた。

家臣たちは、樽の中の油を、赤い月の上に撒いている。火種は、壺の中にあるようだ。

行くのをためらう央介の耳許で、小さな声がささやいた。

「わっぱ、行け」

「え？……カナデさま？」

いつのまにか、気づいていたようだ。央介に背負われたままで、カナデが告げる。

「火では睦月神さまを伏せられぬ。ひとまず里の民を、上に逃がせ」

「わ、かりました」

カナデの言葉をイオに伝え、イオがトワたちのもとに走る。

通路はところどころ削られて、無残な姿をさらしていたが、その分歩きやすくはなっていた。カナデを背負った央介にはありがたい。カナデのからだは、見た目よりずっと軽かった。露払い役を買って出た、イオに続いて穴蔵を抜ける。

久方ぶりの外は、すでに夜の星に覆われていた。

この時期、山は刻一刻と冷えてくる。トワの指示で、央介は崖下の小さな窪みに、カナデを下ろした。戌亥の口からはそう遠くなく、崖と樹木が風よけの役目を果たしてくれる。

「おれが富士野庄まで連れていきますから、ちゃんと手当てした方がよくありやせんか？」

刀傷が浅手《あさで》のはずはない。いく重にも巻いた白布には、うっすらと血が滲んでいた。六百五十年も生きているというカナデの血が赤いことが、不思議にも思える。安堵《あんど》もあったが、やはり睦月の民は、人とは何かが違うようだ。

「大事ない。これほどの傷なら、いずれ跡形もなく消える」

「傷が、消える？　まさか……」

「気休めではなく、まことのことよ。おそらく、不老と関わりがあるのだろう。尋常ではなく傷の治りが早い。さすがに首や手足を落とさば、生えてはこぬがな。たとえ深手でも、粗方《あらかた》の傷は治る。あの侍は、それも知った上で、加減したのであろう」

「そういや、イオにも、似たようなことがあったな」

江戸にいたころ、わずかのあいだにイオの切り傷がきれいに治っていた。

「睦月草には、そんな力まであるのか……」

日の光の恩恵の受けられぬ、あんな暗い場所で、固い岩肌に根を穿《うが》ち、自ら光る。たとえ草花を刈っても、ひと月も経てばまた元どおりに生えてくるという。外界ではたびたび飢饉《ききん》に襲われるが、一年中絶えることのない睦月草のおかげで、睦月の里は食うに困ることもない。

「草木といえど、あれほど強くしたたかなものは、睦月神さまよりほかにあるまい」

「だから、火で焼かれても、大丈夫だと？」

「まことじゃ。妾もこの目で見たからな」

「どういう、ことです？」

「神殿の睦月神さまは、前にも一度焼き払われた――。五百年前、さような無体をはたらいたのは、他ならぬこの妾よ」

「カナデさまが？　いったい、どうして！」

「まあ、若気の至りといったところか。主にも、胸に覚えがあろうて」

「おれには、火付けするほどの度胸はありません」

　央介が口を尖らせ、カナデが喉の奥で笑う。

「姉上が里を出ていき、己のからだの異な有様を、おかしいと感じはじめた。なまじ外の世を知っておったからな。承服しかねる思いが、身内でしだいにふくらんだ。たぶん妾は、怖かったのじゃ。睦月草の底知れぬたくましさと、酷《むご》さがな」

「イオの鏡に映された、カナデさまの罪とはそれですかい」

「さよう、当時の里長が、妾に命じた。二度と里を出ることは、まかりならん。永《と》久《わ》にこの里を治めよと……死ぬよりも重い罰だと、そうも申した」

物《もの》の怪《け》に等しい齢を生きた、この気丈な里長が、初めて哀れに思えた。

物憂げな空気を払うように、イオがふたりのもとに駆けてきた。胸に大事そうに、おくるみを抱えている。

「おーすけ、見てくろ。ルイの産んだルイだで」

「へえ、これがルイさんの赤ん坊かあ。うわあ、小《ち》っちぇえな」

央介は、小さなルイを腕に抱いた。赤ん坊は少しびっくりしたような顔で、央介をじっと見つめていたが、央介がべろべろばあをしてやると、あぶう、と声をあげた。

「……だども、このルイは、ちっと妙だ」

「妙って、どこが？」

「睦月神さまの気配が、ルイからはちっともしねえ。まるでただ人の赤ん坊みてえだ」

「おい、大丈夫なのか？　まさか、育ちに障りがあるなんてことは……」

「案じるにはおよばぬ。ルイには睦月草の乳を、飲ませておらなんだからな。そのためよ」

おろおろしはじめた央介に、カナデがこたえた。

「睦月草の乳？」

「赤子には、茎をすり潰して、搾った汁を飲ませるだ。それが乳だ」

「そうか……おっかさんが皆死んじまうから、乳がもらえねえのか」

腕の中の赤ん坊が、ひどく不憫《ふびん》に思えたが、イオにはそんな感傷はないようだ。

「カナデさま、ルイにはどうして、乳を飲ませてねえだ？」

「ルイの遺言であったからな」

「遺言？」

「赤子には、睦月草の乳を与えぬようにと、ルイは固く我らに頼みおいた」

「ルイは、どうしてそっだらこと？」

「先読みの力で見えたと、ルイは申した。睦月草の乳を与えずに育てれば、この子は生きのびると――わけはわからぬが、先読みもまた、睦月神さまのお力であるからな」

富士野庄に頼み、睦月の里と庄を繋ぐ木の祠《ほこら》に、毎日乳を届けさせた。半年近くが過ぎ、少し前から木の実や穀物を口にできるようになり、乳の心配も要らなくなったという。

「もうひとつ、きいていいですかい？」と、央介が口をはさむ。

「何じゃ？」

「この子は助かったのに、さっき生まれた赤ん坊は駄目でした。何か、わけがあるんじゃねえかと気になって……ルイさんとタエさんに、違いのようなものはねえですか？」

里長の白い顔がかすかに翳り、真面目な声が返った。

「違いといわば、齢《よわい》であろうな」

「齢？」

「ルイはタエよりも、ずっと若かった。ルイはまだ、五十にも届いておらなんだからな」

カナデのこたえに、央介が思わず口をあける。

「おーすけ、どうしただ？」

「いや、ちょいとびっくりが過ぎて……あのルイさんが、そんな婆さまだったなんて」

「この里では、十分若いわ。タエはルイよりも、百は余分に歳を重ねておるからな」

改めてきかされると、その長命に驚かされる。平右衛門が会った、三十六年前に降ろされた先読みも、やはりルイだと、カナデはこたえた。

「睦月の里の女子は、いくつになっても子を産めるんですかい？」

「もとは、そうであった。だが、申したであろう。五、六十年前より、子に障りが出はじめたと」

「はい。……ナギさんも、そのために里を離れたんでしたね」

「ナギは里を出る前に、いくつかの手がかりを残していった。そのひとつが、女子の齢であった」

もしも何らかの理由で、睦月草の神通力が弱まっているとしたら、母親の歳はただ人同様に、子の生き死にに大きく関わってくる。死産が続き、さすがに意気消沈したカナデは、ナギが残した言葉をつい口にしたことがあった。

「その折に、ならば私が行くと、ルイが申し出たのじゃ。まだ若い身空で、命を終えるには早すぎる。あれにはすまなく思うたが、おかげでこのルイを、授かることができたのじゃ」

大人になって、里を出る頃合は、各々《おのおの》の裁量に任されているが、ほとんどの者は百を超えるまでは里に残る。女たちの美貌は、甘い蜜を放つ花のごとく男を引きつけ、ほどなく身籠《みご》ると、知っているからだ。

長く土の中で暮らし、命を終える間際に、ほんのわずかのあいだ生を謳歌《おうか》する。まるで、蟬《せみ》のような儚《はかな》さだった。

「カナデさま、あれを！」

トワの声が、戌亥の口のある辺りを指さした。小出と配下たちが地上へと這い出し、それを追うように、煙が上がった。細くたなびいていた煙の渦は、しだいに濃さを増し、別の入口や風穴からも噴き出したのだろう、やがて幾本もの柱となって空へ上ってゆく。

ここは里からは風下にあたり、やや低い場所のため煙に巻かれることはないが、神として崇《あが》める存在が、焼かれている証しである。女たちはいずれも、不安そうに空を見上げていたが、皆を勇気づけるようにカナデは声を張った。

「案ずるな。たとえ泉に繁る草花を焼いても、石の下にめぐらされた根には届かぬ。我らがこうして無事であることが、睦月神さまが息災であられる何よりの証しぞ」

里長の声に励まされ、女たちは安堵して、やがて眠りについた。

央介も、厚く積もった落ち葉に潜り込み、あっという間に睡魔に引き込まれた。

異変は、日が昇ったころに起きた。

夢の中で、苦しげなうめき声をきいた。

最初はどこにいるのかわからず、しばしぼんやりした。知らぬ間に、口の中に入り込んだ落ち葉を、ぺっ、と吐き出して、ようやく目が覚めた。

夢は終わったはずが、鈍いうめき声は、まだ続いている。ふと見ると、近くにいたカナデが、苦しそうに肩で息をしていた。

「カナデさま、どうしたんです！　まさか、傷が開いたんじゃ……」

辛そうな顔で、ただ首を横にふる。気づけば、カナデだけではなかった。里中の女たちが、胸や腹を押さえながら、うずくまっているのである。

「みんな、どうしちまったんだ……いったい、何が起きてんだ」

ふいに思い出し、背筋がぞっとした。

「イオ、イオ！　どこだ、どこにいる、イオ！」

ふいに近くで、大きな赤子の泣き声がした。カナデのからだにさえぎられていたが、すぐ傍に、ルイを抱いたイオがいた。

「よかった、イオ、おまえは大丈夫か？」

「あんまり、大丈夫じゃねえだども、皆の方が、ずっと苦しそうだ」

うええ、うええと泣き続けるルイを抱きながら、自分も泣き出しそうな顔で央介を見上げる。ただでさえ白い顔が、いままでにないほど青ざめて、唇の色まで変わっている。具合が悪いのは、明らかだった。

央介はイオの手から、ルイを抱きとった。左腕に赤子を抱え、右腕でイオの頭を抱き寄せる。

「おーすけ、睦月神さまが、苦しがっておるだ」

「イオ、わかるのか？」

ひどく億劫《おっくう》そうに、イオはうなずいた。

「火には負けねえと、カナデさまは言ったのに……やっぱり焦《こ》がされて、弱っちまったんだろうか」

央介にはなす術《すべ》がなく、泣きじゃくるルイを抱いたまま途方に暮れる。

背中から、枯葉を踏む音が近づいてきた。

ふり返ると、小出彪助が立っていた。常のとおり表情は乏《とぼ》しいが、やるせない悲しみが、その目に満ちていた。央介から目を逸らし、カナデの前に膝をついた。

「許せ、里長……睦月神を葬れば、おまえたちも無事ではすまぬとわかっていた。

里人すべてを死に追いやる覚悟で、おれはここに来た」

それまで地に伏せんばかりだったカナデが、大地から無理やり引き剥《は》がすように、身を起こした。

「……お主、睦月神さまに、何をした？　火では、枯れるには至らぬはずじゃ！」

「睦月神の弱みは、火ではない……水だ」

「水、だと？」

「にごりのない、冷たく清浄な水こそが、睦月草にとってなくてはならぬものなのだ。そう気づいたのは、ナギであったがな」

「ナギ、が……」

「ここ何十年か、死産や夭逝《ようせい》が続いておろう。その因《もと》を、ナギは突き止めたのだ」

カナデが、はっと目を見開いて、小出を仰ぎ見た。

「もしや、それが水であると……？」

「そうだ。ここ百年ほどのあいだに、この辺りの山々に、いくつかの鉱山が開かれた。太郎山とは隔《へだ》たっておるが、水脈は繋がっていたのだろう」

主に掘り出されたものは鉄であるが、金銀や銅、そして鉛《なまり》のたぐいも産していた。

おそらく睦月草の力を弱めたものは、鉛毒《えんどく》であろうとナギは推察した。鉱山から排出された鉛毒が、地下の水脈を伝い、神殿の泉に少しずつ混じっていったのだ。

「つまりは、睦月神を屠るには、鉛にて焼き払えばよい……花に火をつけるより前に、神殿の泉に、鉛毒を撒いた」

「なん、ということを……」

カナデの目が怒りに燃えたが、もはや腕を上げる気力さえないようだ。それでも、小出の目をじっと見て、告げた。

「主の言うたとおり、睦月神は草に過ぎぬ……しかし、たかが草、されど草ぞ。人の手にて根絶やしにせんとする、その奢《おご》りが、必ず人にもはね返ろうぞ」

非難を黙って受けとめ、小出は悲しげに、カナデを見つめ返した。

「おれが手を下さなくとも、睦月の里は終わりを迎えていた。ナギは鉛毒という因に辿り着いたものの、これを防ぐ手立ては見つけられなんだからな」

長い時をかけて、ナギは諸国をめぐり、里を救う方法を探し求めた。しかし水脈に混じった鉛毒を除くことも止めることも、できないと知った。どこか別の地に里を移す手段も講じてみたが、人間のはびこる勢いはどんな植物よりも凄まじく、いかな山奥であろうと先々にはきっと人の手が届く。隠れ里を見逃してくれそうな場所なぞ、どこにもなかった。

「このまま行けば、里人は少しずつ減ってゆき、おそらく二百年はもたぬだろう」

「ならば何故、かような真似を……自ら滅びゆく運命《さだめ》であらば、放っておけばよかろうものを」

「それはカナデ、お主がいたからよ」

恨み辛みに満ちていた里長の瞳が、かすかにまたたいた。

「ナギは、お主の性分《しょうぶん》をよう知っていた。里を潰さんがために、お主はきっと手を講じる。減じた里人の代わりに、外から女子をさらってでも、里を守ろうとするに違いない。美と若さを餌にすれば、造作《ぞうさ》もなかろう。しかしそれではまさに、人を食らう物の怪と同じことだ。それだけはさせてはならぬ、させとうはないと、泣きながら訴えておった」

「妾を、止めるため……？」

ナギは叔母に、人のままで死んでほしいと願った。小出はナギの代わりに、その思いを継いだのだ。

「睦月神を葬れば、里人も生きてはいけまい。わかってはいたが、それでもこれが、ナギとおれの悲願であった……すまぬ、カナデ」

燃えさかっていた怒りの色が、里長の瞳から失せていく。すでに怒る気力さえないのだろう。

「そうか……これが死か……」

未だかつて覚えたことのない死の足音を、カナデはきいていた。恐れていたよりも、それはひそやかで、確かな音だったのかもしれない。カナデの顔には、安堵があった。

「……妾はまだ、人に見えるか？」

「ああ、ナギによう似た、美しい女子だ」

カナデの目がかすかに細められ、力尽きたように、かくりと首が落ちた。枯葉の褥《しとね》に、静かに倒れ伏す。央介は、懸命に呼びかけた。

「カナデさま、しっかりしてください、カナデさま！」

しかしカナデは二度と目を開かず、かすかに上下していた背中も、動きを止めた。

白い着物と緋の袴に包まれたからだだが、みるみる嵩《かさ》を失っていく。伸ばされた腕は干涸《ひから》びて、黒々とした髪は、見る間に灰色から白に色を変える。昨日見たタエと同じに、枯木から枯草へと変わり果て、黒い灰となって風に舞う。

カナデだけではなかった。トワもレンも他の女たちも、次々と倒れ、里長同様、塵となって風にとんでゆく。

「そんな……そんな……」

「おまえに、見せとうはなかった……だから、来るなと言うたのだが」

小出は抜け殻と化した、白い着物に手をかけた。着物からさらさらと、灰がこぼれ落ちる。

「こんなの、あまりに酷過ぎる……」

さっきまで言葉を交わしていた者たちが、目の前で次々と死んでゆく。現実としてとらえることができず、央介の頭と心は、竜巻のように唸《うな》りをあげて、ただぐるぐると回り続ける。その勢いに負けて、央介のからだまでがばらばらに吹き飛んでしまいそうだ。

央介がどうにか正気を保っていられたのは、腕の中に抱えた、ふたつの幼い命のおかげだった。温かい確かな重みは、辛うじて央介を大地の上に繋ぎとめる。けれどその片方は、明らかにようすがおかしい。

「イオ、イオ、おい、しっかりしろ、目を開けろ、イオ！」

イオはぐったりとして、目を閉じている。右腕で必死に揺さぶると、物憂げに目をあけた。その目は、小出の姿をとらえていた。

「お侍さは、知っとっただか……里の者が、皆死んじまうと……」

「知っていた……だが、おまえのような子供は、もしかすると生きのびるやもしれぬとの望みもあったのだが……」

すまぬ、とそのときだけは辛そうに、呟いた。

「……お侍さに、おらの目はどう見える？」

「光っては、見えぬ……おれはどうやら、氏家東十郎と同じ魔物になり果てたようだ」

青白い顔で、小出はこたえた。小出はすでに先祖代々続く小出家を、自らの代で断とうとしていた。家督を継いだ後も、妻を娶らず子も生《な》さず、ただひたすらナギの思いを成就させようとした。神を屠《ほふ》り、神の里を潰す。その責めは負わねばならないと、すでに思い決めていたようだ。ここを自らの死に場所と定め、自身の死後、小出家の後始末は、信のおける者に頼んでいた。

自身が鬼になる覚悟はとうにしていたのだろうが、イオの鏡に暴かれた人ならざる姿は、思っていた以上に小出を打ちのめしたのかもしれない。

「後始末をすませたら、おれもすぐに後を追う。ナギが待っておるからな……これでようやく、ナギのもとに行ける」

最後に残った人心をかき集めるようにして、小出は告げた。

光ることのないイオの目から逃れるためか、その場を離れ、配下たちに指図する。睦月草を絶やすだけに留まらず、里の要所に火薬を仕込み、完全に穴をふさぐつもりのようだ。

不穏な気配を感じたのか、央介の左腕の赤子が、ふぇえ、ふぇえとむずかりはじめた。

「……ルイは、大丈夫だか？」

「ああ……ちょっとぐずってはいるが、案じることはねえ」

左腕の赤子を見せてやると、右腕のイオはほんの少し微笑んだ。

「ルイはきっと、見えていただ……だから、睦月神さまの、力を借りずに、ルイを、育てろと……」

「ああ、きっとそうだ。わかったから、もうしゃべるな」

――当たることしか見えませんから。

ルイは己の先読みの力を、そう言っていた。ルイがもし今日のことを、この光景を読んでいたのだとしたら――、それはずっと前から決まっていた、変えられぬ現実だということだ。切なくてやるせなくて、胸が潰れてしまいそうだ。

「おーすけ、頼みがある……ルイを、頼むだ」

「冗談じゃねえ、そんなのご免だぞ！　ルイが心配なら、てめえで何とかしろ！」

「おらは、無理、みてえ、だで……頼むだ、おーすけ」

「嫌だ！　おめえはいっつもいっつも、おれより先に駆け出して……今度こそは、堪忍《かんにん》できねえからな！　二度とおれを置いて、先にゆくな！」

声を限りに叫び、からだを揺さぶり、頬を叩いた。それでもイオのまぶたは、重そうに落ちてゆく。

「おら、眠くて、たまらねえだ……寝かせてくれろ」

「駄目だ、イオ！　頼むから、死なねえでくれ！」

「……りがとな、おーすけ」

口許が呟いて、それきりだった。閉じられた目は、開くことはなかった。

央介の慟哭《どうこく》が、辺りの山々に響き渡った。何を意味するのか、察したのだろう。

小出がふり向き、しかし己の死を急ぐかのように、すぐに配下への指図に戻った。

泣き続ける央介と赤子の泣き声に、何かが割り込んだ。

――我ノ命ヲ、オマエニ託ス。ソノタメニ、オマエヲ呼ンダ。

「え？」

この声は、覚えがある。ルイに先読みをされた、あのときと同じ声だ。

――力ノ失せた我ニハ、イマハ何モデキヌ。我ノ代ワリニ、我ノ幼キ命ヲ守レ。

「幼き命……って、この赤ん坊のルイのことか？」

問いには、何も返らない。央介が、重ねてたずねた。

「どうして、おれなんだ？　赤ん坊を託すなら、富士野庄の民でもいいじゃねえか」

――庄デハ、隠シ果セヌ。アノ鬼ニ、食ラワレル。

鬼とは、小出彪助のことだろう。察したが、央介はまだ腑《ふ》に落ちない。

ふいに、あることに気がついた。鼓動はすでに絶え、からだもしだいに冷たくなっているのに、右腕の重みだけは変わらずそこにある。

「灰に、ならねえ……」

――山ヲ、下リヨ。イマスグニ。

ふたたびくり返し、力尽きたように声は途絶えた。

央介はふたつの大事なものを両腕に抱え、後ろも見ずに一目散にふもとを目指した。

＊＊＊

「坊ちゃん、沖助《ちゅうすけ》坊ちゃん！　どちらにいらっしゃるんですか！」

「いけね、姉《ねえ》やだ」

縁の下で、沖助は急いで首をすくめた。

「本当に、ちょっと目を離すと、すぐにいなくなっちまって……またどこぞで相撲でもしているのかしら……」

ぶつぶつとこぼしながら、姉やは沖助の頭の上にある廊下を渡っていく。

「危ねえ危ねえ、おねまに行く前に、見つかっちまうところだった」

いつのころからか国見屋には、「おねま」と呼ばれる場所がある。

母屋《おもや》の、いちばん深い奥座敷で、そこだけ壁の色が違うところを見ると、建て増しされたのは明らかだ。奥座敷の手前には、分厚い観音開《かんのんびら》きの戸があって、頑丈な鍵がつけられている。

国見屋の限られた身内しか、中に入ることは許されていなかった。父親の平右衛門と、父の妹の若い叔母である。母親ですら、覗くことはできなかった。

「あの奥には、国見屋に伝わる、守り神さまが祀《まつ》られているのですよ。おまえも大人になったら、拝むことを許されましょう」

母はそう告げたが、十歳の沖助には、大いに不服だった。国見屋の跡取り息子たる自分が爪はじきにされていることに、どうにも納得がいかなかったのだ。

沖助は、はしっこく、また親の言いつけを素直にきく性分でもなかった。

あれこれと手を考え、いく度もしくじりを重ねながら、ついに先ごろ、おねまへ入る方法を見つけた。

奥座敷の狭い床下に潜り込み、何日もかけて床板を剝がしたのである。その折の苦労を思うと、少しばかり誇らしい気持ちがわくほどだ。床板を一枚剝がせば、十分に通り抜けられる。ただ、この前最初に外した板は、失敗だった。上に何か重いものが載っているようで、どんなに押しても畳がもち上がらなかったからだ。床板を下から叩いてみて、音の軽いものをえらび出し、また同じ作業をくり返した。

「よし、今度はうまくいったぞ」

床板をとり去って、上を覗くと、剝《む》き出しの畳が見えた。畳の裏に両手をついて、うんしょともち上げた。

中は、十二畳はありそうな広い座敷だった。窓はなく、天井近くに小さな明りとりがあるだけで、薄暗かった。座敷の奥半分にはもう二枚畳を敷いて、一段高くなっている。

「そっか、この前しくじったのは、そういうわけか」

最初に板を抜いたのは、座敷の奥にあたる。畳三枚は、さすがに沖助には重過ぎる。頭上の畳一枚を横にのけ、沖助は床下から這い出した。

畳三枚が敷かれた場所には、蚊帳《かや》に似た白い薄布の帳《とばり》が下ろされて、中は見通せない。

沖助は急に、怖くなった。

しん、と静まりかえった、神がおわすという座敷。このまま帰ろうかとも思ったが、帳の中に何があるのか、興味の方がわずかに勝った。

帳の隅をもち上げて、沖助は思わず目をぱちぱちさせた。

二枚重ねの畳の上に、ふかふかの布団が敷かれ、女の子がひとり眠っていた。

十歳の沖助より、ふたつ三つ小さい女の子だ。

「人形……じゃねえよな？」

目は閉じているが、鼻先は上を向き、白い肌に点々とそばかすが散っている。お世辞にも可愛いとは言いがたく、けれど笑うと愛嬌がありそうで、親しみがもてる顔立ちだ。

「神さまにしては、ちっとも厳《おごそ》かじゃねえけど……寝てるのか？」

そのとき「おねま」の意味にも、ようやく気がついた。神さまが寝ているから「御寝間」というのだ。

いささか威厳には欠けるが、それでも神さまという証しに、枕元にはちゃんと供え物がある。白木の三方《さんぽう》には、水と、餡を載せた団子、そして昆布の佃煮が載っていた。

毎朝、父親がお供えし、夕方にお下げする。

景色は同じでも、供え物には案外手がかかっていることも、沖助は知っている。水は、江戸でいちばん清く冷たいと評判の井戸の水を、わざわざ父親自ら毎朝汲みに行き、団子も、今日は日本橋の菓子屋のもの、明日は深川の茶店のものと、日によって変わる。ただ昆布の佃煮だけは決まっていて、国見屋が長年贔屓《ひいき》にしているという佃煮屋から求めていた。

三方の中身が、減っていた例《ためし》は一度もない。つまりこの神さまは、眠ったきり、一度も目を覚まさないということだ。

沖助はしばしながめていたが、あることに気がついて、背筋が寒くなった。

「この神さま、息をしてねえ……眠ってるんじゃなく、死んで……」

布団をかけられた赤い着物の胸は、上下に動いてはおらず、薄暗い座敷で耳をすましても、寝息のたぐいも聞こえてこない。

いっとき忘れていた怖さが、舐めるように尻から背筋へと抜けた。

慌てて帳を出ようとして、白蚊帳の網に引っ掛かった。柱から吊るされていた蚊帳が、ばっさりと落ちて、三方が倒れ、盃の割れる音がした。その不穏な音が、ますます恐怖を煽る。

「誰か！　出して！　ここから出してくれ！」

また床下から戻ればいい。単純な帰り道さえ忘れて、沖助は力いっぱい扉を叩いた。

どのくらい呼び続けただろうか――。外に人の気配を感じるまでが、途方もなく長く感じられた。閂《かんぬき》が外から外され、扉が開いた。立っていたのは、沖助の若い叔母だった。

「叔母さん！　お類《るい》叔母さん！」

「沖助、どうしておまえがここに……」

こたえることすらできず、沖助は叔母の腰にしがみついた。

「やっぱり、蚊帳を吊るのは無理だわね。央介兄さんが帰るまで待ちましょ」

父は沖助が生まれてすぐに、国見屋の主が代々名乗る平右衛門の名を継いだ。それでも叔母は、未だに兄を幼名で呼ぶ。

叔母の類は、落ちた蚊帳をどかせると、割れた盃や三方を片付けた。布団を直し、乱れた神さまの髪をやさしく整える。

「イオ、びっくりさせてご免なさいね」

「……その神さま、イオっていうのか？」

扉の外から首だけ出して、沖助がこわごわたずねる。

「そうよ。イオはね、あたしにとってはお姉さんみたいなものなのよ」

「よく、わからねえよ」

こんな小さな子が、どうして叔母の姉になるのか？　だいたい神さまの妹なら、この叔母も神さまということになる。たぎった釜に立つ泡のように、疑問はいくらでもわいてくる。察したように、叔母は微笑んだ。

「こちらへいらっしゃい、沖助。少し早いけれど、おまえは国見屋の跡取りだもの。いずれは明かされるのだから、話してあげるわ」

叔母に促されても、沖助は首を横にふった。

「いやだ……だって、その神さま、死んでいるじゃねえか」

悲しそうに、叔母の顔に憂いが満ちる。そんな表情ですら、やはりきれいだ。叔母の美貌は抜きん出ていて、日本橋一の別嬪《べっぴん》と評判だった。

「イオはね、死んではいないのよ」

「嘘だ。息をしてねえじゃねえか」

「死人なら、からだが朽ちるはず。でもイオは、十八年ものあいだ、ずっとこの姿のままなのよ」

沖助はびっくりして、目を見開いた。

「あたしが一切を知らされたのも、ちょうどおまえくらいの歳だったの。沖助にも、知っておいてほしい。睦月神とイオのことを」

乞い願うような瞳に負けて、沖助は嫌々ながら座敷に足を踏み入れた。

叔母が語った長い長い話は、お伽噺《とぎばなし》より不思議なものだった。

「じゃあ、お類叔母さんも、睦月童《むつきわらし》なのか？」

イオと類を見くらべながら、沖助がたずねた。最初は見ないようにしていたが、しだいに話に引き込まれ、気がつくと目の前の動かぬ子供が、あまり怖くはなくなっていた。

「いいえ、多少人より勘が良いくらいで、あたしには睦月神の力はないわ。イオと同じ里で生まれても、睦月童とは言えないわね」

叔母は沖助と同じ年のころ、ある人に引き合わされた。両親や兄は、もう数年待つつもりでいたが、相手の方が待ちきれなかったのだ。

「それがあたしの実の父親……掛井屋の旦那さまよ」

「掛井屋ってたしか、叔母さんが来月嫁に行く？」

「そう。養子に入った息子の嫁として、あたしを実の親の許に戻す——。そのように計らってくれたのよ」

国見屋の娘として大事に育て、その上で実の親のところへ帰そうとした。両親と兄の心配りには、叔母はこれ以上ないほど恩義を感じているようだ。

「せめておとっつぁんとおっかさんには、花嫁姿を見せたかったのだけれど」

残念そうにうつむいた。類と実の父の対面が叶い、安心したように、それから三年のうちに沖助の祖父母は他界した。

「だからね、央介兄さんが最後に託された、睦月神が我の命と呼んだのは、きっとイオのことなのよ」

「でも、この子、息をしてねえぞ。本当に本当に、生きてるのか？」

「イオは、生きているわ。少なくとも兄さんとあたしは、そう思ってる。だって草や木は、人のように息をしなくとも、ちゃんと生きているでしょ？」

「……そうか、イオはいまは、木になっているのか」

初めて名を呼ぶと、それまでわだかまっていた畏れが消えて、ほのかな親しみがわいた。沖助は上から覗き込み、そうっと手を伸ばした。頭を撫で、上を向いた鼻先をつつき、頬に触れる。

「あったかくはないけど、思ったほど冷たくねえや……ちょうど木と同じくれえかな」

「兄さんが江戸に帰り着いたころは、イオのからだは、もっと冷たかったそうなの」

ごくわずかでも、少しずつ快復している。父と叔母は、そう考えていた。

「もしもすっかり治ったら、イオが目を覚ましたら、また山に帰すのか？」

ふいの問いに、叔母がはっとした。美しい顔に、木漏れ日のように光と影が混ざった迷いがまたたく。

「できれば、そうしたくはないの」

「でも、イオはいわば、預りものなんだろ？」

「そうね……それでもあたしは、イオにあたりまえの人として生きてほしいと願っているの。央介兄さんも、やっぱりそうよ」

このまま江戸に留まらせ、その成長を見守り、いつかは好いた男と娶《めあわ》せて、新しい家族を築く。そんな暮らしをさせてやりたい――。父は妹の前でだけ、時折そんな望みを口にするという。

ふうん、と沖助は曖昧な返事をした。これぱかりは、沖助にはよくわからない。あたりまえの暮らしなんぞより、神さまの使いとして不思議な力を使う方が、よほど面白そうに思えたからだ。

「沖助、おまえに頼みがあるの。あたしがお嫁に行ったら、あたしの代わりにイオを見舞ってほしいの」

「うん、いいよ。叔母さんの代わりに、毎日おれが来てやらあ。……そのかわり、おとっつぁんに、うまく口添えしてもらえねえか？」

「まあ、沖助ったら。いいわ、一緒に兄さんにあやまってあげるわ」

現金な申し出に、叔母が初めて声を立てて笑った。それから、ひどくまじめな表情になる。

「それとね、沖助。もし、沖助の代でイオが目覚めたら――睦月の里へは帰らずに、国見屋にいてくれと、イオに説いてほしいの」

「うーん、おれ、口はいまひとつ達者じゃねえけど……」

「お願い、沖助。あたしはやっぱり、イオには神の使いではなく、人でいてほしいのよ」

理解するのはまだ難しいが、大好きな叔母に手を合わされては断りようがない。

「わかった。江戸に残るよう、おれが必ずイオを説き伏せてやる」

大風呂敷を広げて、胸を叩いた。叔母が安堵したように、表情を和《やわ》らげた。

叔母のとりなしも空しく、父からはこっぴどく雷を落とされたものの、それから
沖助は、毎日欠かすことなく御寝間に足をはこんだ。

「団子と昆布の佃煮ばかりじゃ、イオも飽いちまうだろ？　ほら、今日はかりん糖をもってきたぞ。言っておくが、そんじょそこらのかりん糖じゃねえんだぞ。黒砂糖じゃなく白砂糖をからめてあるんだ。早く目え覚まして、一緒に食えるといいのにな」

急に妹ができた気分で、目新しい菓子をもっていってやり、あれこれと他愛のない話をした。

木のように動かない童の耳に、その声が届いていようとは、沖助は夢にも思わなかった。

いつのころからだろう――。

やさしい女の声と、耳馴れた男の声が、かわるがわるきこえるようになった。

最初は夢の中の会話のように頼りないものだったが、声はしだいにはっきりとしてきて、やがて話の中身がわかるようになったころ、女の声が途絶え、代わりに男の子の声がするようになった。

いまでは鼻もきくようになり、団子の米くささも、昆布の甘辛いにおいも、何かはわからないが、油の混ざった甘いにおいもちゃんと鼻に届く。

ただ、まぶただけはどうしてももち上がらず、相変わらず真っ暗なままだったが、もう少ししたら——それが何年先か、何十年先かはわからないが——きっとまた目が覚めて、笑ったりしゃべったり走り回ったりできるようになる。イオはそのときを予感していた。

感じるようになったのは、音やにおいだけではない。

何よりもはっきりと感じるのは、睦月神の気配だった。

初めは、細い細い糸だった。しかしそれは確実に太さを増していく。

十八年は、イオではなく、睦月神のために必要だった。

鉛毒にやられ、睦月草はほとんど瀕死の有様だった。それでもしぶとく根を張り続け、じっと回復の時を待っていた。そして、里の生き残りたる、イオを待っている。

睦月草が完全に息を吹き返したとき、イオも快癒する。兆しの足音とともに、その声がきこえるようだ。

——早ウ我ヲ食ライ、我ノ糧トナラン。サスレバ、永久《トワ》ノ若サト美ヲ与エン。

美しくないと嘆き、若さを失うことを恐れる女はいくらでもいる。永久の美を、永久の若さを求める気持ちが、絶えることはない。それが女子の本性である限り、男が若く美しい女子を求める限り、睦月神たる睦月草も決して絶えることはない——。

「イオ、すまねえな。今日は遅くなっちまった」

大きな手が、頰を包んだ。ちょっと大人びた気もするが、耳に馴染んだ央介の声だ。

「うん、頰っぺたも、前よりだいぶ温かくなったな。江戸も桜が盛りでな、またおまえと鯨《いさな》の親分と一緒に、花見に行きてえな。すっかり白髪頭になっちまったが、親分も達者にしていなさる。前みてえにしばしば会いには行けないが、会えば必ずイオの話が出る」

不思議なことに、央介の声がするときだけは、睦月神の気配が遠ざかる。沖助という子供が横にいるときも、やはり同じだ。

——おらもおーすけと鯨のおいちゃと一緒に、桜が見てえ。沖助と一緒に、菓子をほおばりてえ。

強く願うと、繋がった糸が怯えるように揺れる。細い細い糸が数を増やし、太く確かな綱となろうとしていたのに、その何本かが切れる音がする。

「イオ、約束だぞ。もう二度とおれを置いて、ひとりでどこかへ行くんじゃねえぞ」

いつも傍にいてくれた、懐かしいにおいがイオを包んだ。

人のぬくもり、人のにおい。短い生涯を懸命に生き、死んでゆく、あたりまえの人のにおいだ。頭を撫でる央介の掌を通して、イオの中に流れ込んでくる。

母親の胎《はら》の中にいるような、安堵に満たされる。

また一本、草の弦が切れる音がした。

解説

松井ゆかり

テレビで時代劇をやっていたら熱心に見てしまうのに、時代小説を読むとなるととたんに敷居が高く感じられるのはなぜだろう。親にがっちりとチャンネル権を握られていた幼少期、月曜夜八時からはそのとき放映されている「水戸黄門」「大岡越前」「江戸を斬る」のいずれかを視聴し、その他にも「暴れん坊将軍」や「遠山の金さん」などを適宜《てきぎ》追加する、というスタイルが我が家においては確立されていたものである。しかしながら昨今では、地上波における時代劇のレギュラー放送は絶滅状態というではないか！

よく言われるもの言いのひとつに、〝時代小説は老後の楽しみ〟なるフレーズがある。実際、読者層も年配の方々が多いように見受けられるし、同年代で時代小説ファンという友人知人はあまりいない。それでもこの状況を受けて（おおむね勧善《かんぜん》懲悪《ちょうあく》の明快なストーリー運び&大団円の時代劇と、もっとバリエーションに富み人間の複雑な心の機微《きび》を描いた作品も多い時代小説では、ファン層が完全に重なるわけではないという事実はひとまず措《お》いておいて)、「ぼやぼやしてると時代劇そのものがなくなっちゃうんじゃない⁉ おもしろい本を読むのに早い遅いなんてないんじゃない⁉」という境地に至ったのだ。

とはいえ、あまたある中からどの作品を選べばいいのかという問題については、特に時代小説初心者であれば迷うのも当然である(書店の時代小説コーナーに足を運ぶと、売り場面積の広い部分を占める佐伯泰英氏の本だけでも天文学的な選択肢があるのに、他の作家たちの作品も次々と視界に入ってくるからだ)。そんなときはぜひ、西條奈加作品を手に取られることをおすすめしたい。「時代もの　迷ったときは　西條奈加」、リピートアフターミー。時代小説コーナーで呪文のように唱えてみていただければ幸甚《こうじん》である。

主人公の央介は下酒問屋《くだりざけどいや》・国見屋の跡取り息子。一年ほど前からやや生活が荒れ始め、ふたりの悪友たちとつるんでいる。彼が十七歳になった元旦、国見屋では座敷に集められた奉公人たちの前で主人から新年の挨拶があるなど、しきたり通りの正月の風景が。けれど、央介は不在。そのこと自体は珍しくもないが、跡取り息子の席にちんまりと座る女児にはみなが注目せずにいられなかった。その女児・イオは生まれの良さとも発育の良さとも縁のなさそうな子どもであるのに、央介の両親である国見屋の主人の平右衛門と内儀のお久から特別なもてなしを受けているのを不審がる使用人たち。

しかしイオと目が合ったとたん、彼らはそれぞれが居心地の悪さに襲われた。中でもひときわ高い悲鳴を響かせたのが若い手代だった。その手代は、イオの目が金色に光って見えると言って尋常ではない脅え方をする。平右衛門は「イオさまには神通力がおありになる」と告げ、手代も自分が博打につぎ込むために店の金をくすねていたことを白状した。

実はイオは『睦月童《むつきわらし》』と呼ばれる存在で、陸奥盛岡の山奥にある睦月の里からやってきた。睦月童たちは睦月神から各々《おのおの》特別な力を授かっており、イオの場合はそれが人の罪を映す鏡の力なのだ。

央介が最近江戸を騒がせている三人組の盗人・風神なのではないかと心配でならない平右衛門たちが、真偽を確かめるために息子と対面させるべく、睦月神に請《こ》いイオを新年の客人として迎えたのである。果たして、夜になって帰ってきた央介はイオと対面するなり尋常ではない悲鳴をあげた。両親が恐れている通り、央介は風神の一味なのか……？

イオのおかげで改心するきっかけを得た央介は、この不思議な女児の面倒をよくみるように……というのが第一話。

イオも央介にはよくなつくようになったが、他の者たちからはどうしても距離を置かれてしまう。また、睦月童はまぶしさに弱いため明るい内は外にも出られないということで、イオは退屈しきっていた。そこで央介は、日が落ちてからイオを連れ出すことに。

初めて見る江戸の町のあれこれに目を輝かせるイオ。偶然出会った鯨《いさな》の勇五郎親分の大男ぶりにも目を丸くする。勇五郎は夜鷹《よたか》の元締めで、その良心的な損料（仕事で使う莫蓙《ござ》や着物などを元締めから借りる際の使用料）や人柄のよさから、周囲の人々には慕われていた。その勇五郎が言うには、このところ夜鷹が仕事場として使う川岸に狐火が出ると評判になっているとのこと。世話になった親分のために一肌脱ごうと央介が協力を申し出たのが、第二話の始まりである。

第三話ではすでに季節は春。その日も央介はイオから「鯨のおいちゃのとこ」に遊びに行きたいとねだられ、勇五郎と合流する。が、途中でイオは「睦月神さまの、においだ……」と走り出した。一軒の家の前でようやく立ち止まったイオの前に現れたのは、同じく「睦月神さまの気配がしたから」と外に出てきた同郷のルイだった。再会を喜び合うふたりだったが、ルイが妊娠していると聞いたとたん、イオは「赤子なぞ、産まねえでくれ」と大きな目から涙をこぼす。何か複雑な事情があることを察知し、江戸でお産をしてはどうかと央介はルイにすすめる。だが、ルイは頑《かたく》なに里に帰ると繰り返し、先読みの力によって央介が睦月の里と関わる者だと告げるのだった。

さらに季節が秋に移った第四話では、街中でイオの目を見て取り乱した主人殺しの奉公人が捕らえられた際に、央介たちは小出という旗本と出会う。イオが睦月の里の出であることを見抜いた小出から、ある事件の解決に向けての協力を請われる。そして第五話以降、いよいよルイの予言通りに央介は睦月の里と深く関わって行くことに……。

「子は親の鏡」「人の振り見て我が振り直せ」といった言葉にもあるように、他者の姿をみて自分の振る舞いを反省させられるということはままある。でも、イオのように自分の罪がダイレクトに映し出される存在が身近にいたらどうだろう。またイオの立場になってみたら、ただ存在するだけで周りから敬遠される身の上をどう受け止めるだろう。

イオの力にも動じないでいられる者もいる。央介は初めてイオと対面したときには絶叫するほどの恐怖に襲われたが、自分の過《あやま》ちと向き合うことで強くなれた。また夜鷹の元締めである勇五郎も、合法的な職に就く人間ではないものの己の正義に忠実に生きているので、イオの目を見ても動じない。小出などのように多くの人々を排除しかねない信念を持ってしまう者もいるけれども、良かれ悪しかれ自分の信じるところに従って生きる人間はイオを前にしても動揺する必要がないのだ。そしてイオも、万人にわかってもらえることはなくとも、央介や勇五郎のような理解者を得ることはできるのだというのが救いだと思う。

私はこの『睦月童』が初めて読んだ西條作品だったが、著者が日本ファンタジーノベル大賞出身の作家であることも認識していたので、「こんな風に時代小説と融合させる作品を書かれるのか」と感銘を受けた。が、そもそものデビュー作『金春屋ゴメス』（新潮文庫）からして〝時代小説×ファンタジー〟な作品（舞台は江戸ながら、実は時代設定は近未来という変化球な設定であるが）を手がけた、チャレンジングな作家であることを後に知る。

その一方で、本格時代小説の書き手としての活躍もめざましく、『善人長屋』（新潮文庫）を第一作とするシリーズなどで好評を博している。武家の身分を捨てた主人が親子三代で切り盛りする菓子店を舞台にした『まるまるの毬《いが》』（講談社文庫）

では、第三十六回吉川英治文学新人賞を受賞。さらには、『無花果《いちじく》の実のなるころにお蔦さんの神楽坂日記』（創元推理文庫）のシリーズの舞台は現代の神楽坂。さまざまな時代や世界観を自在に描き出せることは著者の大きな強みといっていいだろう。

「時代もの　迷ったときは　西條奈加」は、もちろん語呂合わせだけで考えたわけではない（そもそも五・七・五としても、字数的にいまいち）。現代ものもファンタジーも手がけられている著者なら、異なる世界を違和感なく結びつけることができると思うからだ。時代小説で描かれるのは、文明の利器とは無縁の、着物を着たり刀を持ったりしていた人々。しかしながら西條奈加という作家の作品を読むと、彼らと現代の我々は分断されて互いに理解の及ばない存在などではなく、百年以上の時を超えてつながっていると実感できるに違いない。

『睦月童』において、央介たちの住む社会は数多くの矛盾をはらんでおり、一方で睦月の里も桃源郷にはほど遠い。それでもそこに生きる者たちはきっと感じていることだろう、日々の暮らしの中にこそ幸せがあるのだということも、家族や愛する人たちを思う気持ちこそが何よりも尊いことも。そのような心情はいつの時代であろうが、人間の世界であろうが、睦月神が支配する世界であろうが、同じなのだということをこの小説は教えてくれる。

時代小説を初めて読むような読者ならば、そこに書かれている人物が身近に感じられる作品を選ぶことで、読み慣れないジャンルへの抵抗感も薄れることだろう。もちろん、時代小説上級者にもぜひ！

（書評ライター）

この作品は、二〇一五年三月にＰＨＰ研究所より刊行された。

著者紹介
西條奈加（さいじょう　なか）
1964年北海道生まれ。2005年、『金春屋ゴメス』で第17回日本ファンタジーノベル大賞を受賞し、デビュー。12年、『涅槃の雪』で第18回中山義秀文学賞を受賞。15年、『まるまるの毬』で第36回吉川英治文学新人賞を受賞。主な著書に、「善人長屋」シリーズ、「お蔦さんの神楽坂日記」シリーズ、『四色の藍』『九十九藤』『猫の傀儡』『銀杏手ならい』『無暁の鈴』『雨上がり月霞む夜』などがある。

ＰＨＰ文芸文庫　睦月童《むつきわらし》

2019年１月18日　第１版第１刷

著　者　西　條　奈　加
発行者　後　藤　淳　一
発行所　株式会社ＰＨＰ研究所
東京本部　〒135-8137 江東区豊洲5-6-52
第三制作部文藝課　☎03-3520-9620（編集）
普及部　☎03-3520-9630（販売）
京都本部　〒601-8411 京都市南区西九条北ノ内町11
PHP INTERFACE　https://www.php.co.jp/
組　版　朝日メディアインターナショナル株式会社
印刷所　共同印刷株式会社
製本所　株式会社大進堂

ISBN978-4-569-76870-0

PHP文芸文庫

四色《よしき》の藍《あい》

西條奈加　著

夫を何者かに殺された藍染屋の女将は、同じ事情を抱える女たちと出会い、仇討に挑む。女四人の活躍と心情を気鋭が描く痛快時代小説。

定価　本体七〇〇円（税別）

PHP文芸文庫

あやかし

〈妖怪〉時代小説傑作選

宮部みゆき、畠中恵、木内昇、霜島ケイ、小松エメル、折口真喜子 共著／細谷正充 編

いま大人気の女性時代小説家による、アンソロジー第一弾。妖怪、物の怪、幽霊などが登場する、妖しい魅力に満ちた傑作短編集。

定価 本体八二〇円（税別）

PHP文芸文庫

なぞとき

〈捕物〉時代小説傑作選

和田はつ子、梶よう子、浮穴みみ、澤田瞳子、中島要、宮部みゆき 共著／細谷正充 編

いま大人気の女性時代作家による、アンソロジー第二弾。親子の切ない秘密や江戸の料理にまつわる謎を解く、時代小説ミステリ傑作選。

定価 本体八〇〇円（税別）

PHP文芸文庫

なさけ

〈人情〉時代小説傑作選

宮部みゆき、西條奈加、坂井希久子、志川節子、田牧大和、村木嵐 共著／細谷正充 編

いま大人気の女性時代作家による、アンソロジー第三弾。親子や夫婦の絆や、市井に生きる人々の悲喜こもごもを描いた時代小説傑作選。

定価 本体七〇〇円（税別）

PHP文芸文庫

大正の后《きさき》

昭和への激動

植松三十里 著

妻として大正天皇を支え、母として昭和天皇を見守り続けた貞明皇后。その感動の生涯と家族との絆を描いた著者渾身の長編小説。

定価 本体八八〇円（税別）

PHP文芸文庫

吉原花魁《おいらん》事件帖

青楼《せいろう》の華

有馬美季子 著

消えた香炉の行方、不可解な文が添えられた料理の注文……。江戸の不夜城・吉原で相次ぐ事件を花魁の頂点に立つ華舞が鮮やかに解く時代小説。

定価 本体七四〇円（税別）

PHP文芸文庫

雪に咲く

村木 嵐 著

越後高田藩を二分する御家騒動。取り潰しの機会を窺う幕府から藩を守るため、戦いを繰り広げた筆頭家老・小栗美作の壮絶な生涯を描く。

定価 本体七六〇円(税別)

PHP文芸文庫

化土記《けとうき》

北原亞以子 著

弟の死に陰謀の気配を感じた兄が、事件の真相を突き止めるべく、天保の改革で開拓が進む印旛沼へと向かう。著者が遺した傑作長編。

定価 本体九八〇円（税別）

PHP文芸文庫

〈完本〉初ものがたり

宮部みゆき　著

岡っ引き・茂七親分が、季節を彩る「初もの」が絡んだ難事件に挑む江戸人情捕物話。文庫未収録の三篇にイラスト多数を添えた完全版。

定価　本体七六二円（税別）

PHP文芸文庫

桜ほうさら（上・下）

宮部みゆき 著

父の汚名を晴らすため江戸に住む笙之介の前に、桜の精のような少女が現れ……。人生のせつなさ、長屋の人々の温かさが心に沁みる物語。

定価 本体各七四〇円（税別）

PHP文芸文庫

鯖猫《さばねこ》長屋ふしぎ草紙（一）～（五）

田牧大和 著

事件を解決するのは、鯖猫!? わけありな人たちがいっぱいの鯖猫長屋で、不可思議な出来事が……。大江戸謎解き人情ばなし。

（一） 定価 本体七八〇円（税別）

（二）～（五） 定価 本体七六〇円（税別）